SALUER AVEC ENTHOUSIASME
SOURIRE EN TOUTES CIRCONSTANCES
AKIGAWA SENSEI
KOMORI SENSEI
CEI-B
Lovely Teachers!
Nase Yamato
Ecole Momogaoka
ASUKA
POUR PUBLIC AVERTI

SALUER AVEC ENTHOUSIASME

SOURIRE EN TOUTES CIRCONSTANCES

NASE YAMATO

SOMMAIRE

LOVELY TEACHERS !

ISBN : 978-2-84965-802-4

Lovely Teachers!
1re heure
ÉCOLE PRIMAIRE MOMOGAOKA. CE1 - B
TRENTE ÉLÈVES.
CE1-B
PROFESSEUR
TADAMICHI KOMORI
C'EST L'HEURE DES MATHÉ-MATIQUES ...
SORTEZ TOUS VOS MANUELS.
OH NAN ...
C'EST NUL !
J'AI SOM-MEIL.
BOOOUH
J'PRÉFÈRE LE SPORT QUE LES MATHS !
BOOOUH
C'EST FINI CES CAPRICES ?
M'SIEUR, J'VEUX ALLER AUX TOILETTES !
J'AI FAIM !
M'SIEUR, Y A UN GARÇON QUI LIT UN MANGA BIZARRE.
M'SIEUR ...
C'EST QUOI UNE "FEMME ADULTÈRE" ?
CE N'EST PAS UN LIVRE POUR TOI, ÇA.
NAAN !
DONNE-LE-MOI !
J'AI DIT NAN ...

LÂCHE CE LIVRE.
NAN, TOI LÂCHE-LE !
WAOUH !
ÇA M'A L'AIR D'ÊTRE UN LIVRE INTÉRES-SANT.
FLAP
LES FEMME ADULTÈR
TU...
ME LE DONNES ?
LUI ...
C'EST MON COLLÈGUE DE LA CLASSE D'À CÔTÉ.

Lovely
Teachers!
1re heure

Lovely Teacher

Lovely Teacher!

Lovely Teach

vely Teacher!

Lovely Teacher!

SALLE DES PROFESSEURS
LES ÉLÈVES LISAIENT ÇA ?
ILS AURAIENT RAMASSÉ CE LIVRE DANS LA RUE …
NOUS DEVONS PRENDRE GARDE …
À CE QUE CE GENRE DE CHOSE NE SE TROUVE PAS SUR LE CHEMIN DE L'ÉCOLE.
OH MON DIEU ! QUEL LIVRE AFFREUX …
LES ÉLÈVES DE LA CE1-A ONT EU ACCÈS À CE GENRE DE…
NON …
CE SONT MES ÉLÈVES DE LA CE1-B.
AH ! J'EN ÉTAIS SÛRE !
!
MERCI DE M'AVOIR PRÉVENUE, MONSIEUR TAKIGAWA.
MONSIEUR KOMORI, FAITES PLUS ATTENTION DORÉNAVANT.
TRÈS BIEN …
C'EST TOUT LE TEMPS COMME ÇA.
ÇA FAIT DEUX ANS ET DEMI QUE JE SUIS PROFESSEUR.
ET ÇA FAIT DEUX ANS ET DEMI QUE L'ON ME COMPARE À LUI.
CE1-B
CE1-A

MERCI ... POUR VOTRE AIDE.
IL N'Y A ... PAS DE QUOI.
VOUS AVEZ COUPÉ VOS CHEVEUX, MADAME KIMURA ?
OUI, VOUS L'AVEZ REMARQUÉ ?
IL A TOUJOURS UN SOURIRE SEREIN AUX LÈVRES.
IL SE MOQUE DE MOI ...
KYÔ TAKIGAWA, 25 ANS.
M. TAKIGAWA EST VRAIMENT UN HOMME BIEN.
SI NOUS N'ÉTIONS PAS COLLÈGUES, JE L'INVITERAIS À SORTIR.
POURQUOI SOMMES-NOUS SI DIFFÉRENTS ...
ALORS QUE NOUS AVONS LE MÊME ÂGE ET FAISONS LE MÊME TRAVAIL.
IL A AUTANT DE SUCCÈS AUPRÈS DES PROFS QUE DES PARENTS.
JE N'Y PEUX RIEN.

CE QUI M'INQUIÈTE LE PLUS, C'EST SA POPULARITÉ AUPRÈS DES ÉLÈVES.
TU ME DONNES CE LIVRE ?
J'AIMERAIS BIEN LE LIRE MOI AUSSI.
OUI, D'ACCORD. VOILÀ.
Comment il a fait ça ?!
IL A RÉCUPÉRÉ LE LIVRE FACILEMENT.
QUE DOIS-JE FAIRE POUR M'ENTENDRE AUSSI BIEN AVEC LES ÉLÈVES ...
M'SIEUR ...
IL RESTE UNE CRÈME CARAMEL.
CE1-B
DONNE-LA À CELUI QUI EN VEUT.
MOI !
MOI !
MOI AUSSI J'EN VEUX !
MOI AUSSI !
TÊTE DE FEUILLE, VA !
ÇA SUFFIT !
PUISQUE C'EST COMME ÇA, ELLE EST POUR MOI !
HEY !
C'EST DÉGUEULASSE, M'SIEUR KOMORI !
DÉCIDEZ AVEC UN "PIERRE-FEUILLE-CISEAUX" !
TU TRICHES !
TU AS FAIT FEUILLE !
NON, J'AI FAIT PIERRE !
LE PREMIER QUI TROUVERA ...
LA SOLUTION DE CE PROBLÈME ...

12+23=
18-7=
AURA EN RÉCOMPENSE… LA CRÈME AU CARAMEL QUI RESTE !
J'AI TROUVÉ !
BIEN. MES FÉLICITATIONS.
LE SECOND À TROUVER LA SOLUTION AURA LA MIENNE.
OUAIS ! ♡
CE1-
PRENDS DONC EXEMPLE SUR LUI !
REGARDE… C'EST ÇA, UN VRAI PROF !
JE NE LUI ARRIVE PAS À LA CHEVILLE.
IL EST GENTIL C'EST POUR ÇA QU'ILS L'AIMENT.
IL NE LES BOUSCULE PAS.
RASSEMBLEMENT DU MATIN
ALLEZ ! METTEZ-VOUS EN RANG !
COMME VOUS ÊTES BIEN RANGÉS !
MÉNAGE
HÉ ! NE VOUS DÉFILEZ PAS !
ON FAIT LA COURSE AVEC LES SERPILLIÈRES ?
OUIII !

IL CHARME NATURELLEMENT SES TRENTE ÉLÈVES.
C'EST UN PROFESSEUR PARFAIT ...
LA CHANCE !
ILS FONT DU FOOT AVEC M. TAKIGAWA !
J'AIMERAIS BIEN ÊTRE EN CE1-A, MOI AUSSI.
MOI AUSSI J'AURAIS PRÉFÉRÉ AVOIR M. TAKIGAWA ...
ALORS QUE KOMORI EST TROP NUL ...
IL EST TROP COOL.
IL EST RINGARD, CHIANT ...
IL EST GENTIL, INTÉRESSANT ...
...
JE FAIS DES EFFORTS POURTANT ...
SI VOUS VOULEZ TANT QUE CELA ALLER EN CLASSE A ...
EH BIEN, ALLEZ-Y !

ON Y VA ! ON Y VA !
OUAIIIS !
CE1-A !
M. Takigawa !!
!!
HEY!
ATTEN-DEZ !
C'ÉTAIT UNE BLAGUE !
Reveneeez !
JE SUIS VRAIMENT TROP NUL ...
OUAH OUAH
SHHH
JE SUIS DÉSOLÉ ...
CE N'EST PAS GRAVE.
ÇA ARRIVE À TOUT LE MONDE ...
De temps en temps.
EN PLUS, NOS ÉLÈVES S'AMUSENT BIEN.
ASSE A
PERSONNE NE VA APPRÉCIER, MAIS SI JE NE LE FAIS PAS ...
LEURS NOTES VONT...
TANT PIS... PUISQU'ILS VIENNENT DE FAIRE DU SPORT ...
ON FERA LE COURS D'ÉDUCATION CIVIQUE À LA PLACE DE LA GYM.
VOUS ÊTES CONSCIENCIEUX.
JE SUIS PROFESSEUR, APRÈS TOUT.

MES RÉSULTATS NE SONT PAS AUSSI PROBANTS QUE LES VÔTRES, MAIS ...
JE FAIS MON TRAVAIL AVEC SÉRIEUX ET APPLICATION.
CELA SE VOIT ...
VOUS FAITES DU BON TRAVAIL.
VOUS VOUS INQUIÉTEZ TOUJOURS POUR VOS ÉLÈVES ...
VOUS N'ARRÊTEZ PAS D'Y PENSER, N'EST-CE PAS ?
VOUS NE PENSEZ QU'À LEUR BIEN.
C'EST LE PLUS IMPORTANT ...
POUR UN PROFESSEUR.
JE NE...
ENFIN ...
SI VOUS LE DITES ...

JE VOIS ...
QUE VOUS VOUS ENTENDEZ BIEN AVEC VOS ÉLÈVES.
TOUT LE MONDE A L'AIR DE S'AMUSER.
C'EST ...
...
JE PENSAIS QU'IL ALLAIT AUSSI SE MOQUER DE MOI.
QUE SE PASSE-T-IL ?
Il est vraiment gentil...
GRAB
JE POURRAIS PEUT-ÊTRE LUI EN PARLER ?
M. TAKIGAWA ...
VOUS AURIEZ ...
UN PEU DE TEMPS À M'ACCORDER APRÈS ?
POUR SOULAGER MON COMPLEXE D'INFÉRIORITÉ ...
JE VAIS LUI CONFIER MES ANGOISSES.

MES...
MES PARENTS SONT PROFS.
MES GRANDS-PARENTS ET MA SŒUR AÎNÉE ÉGALEMENT.
J'AI TOUJOURS PENSÉ QUE JE DEVIENDRAIS PROF MOI AUSSI.
VOILÀ OÙ J'EN SUIS AUJOURD'HUI.
JE VOIS.
JE PENSAIS M'ÊTRE BIEN PRÉPARÉ, MAIS ...
DEVANT LES ENFANTS, JE PERDS TOUS MES MOYENS.
CHAQUE ENFANT EST DIFFÉRENT ...
BIEN QU'ILS PORTENT TOUS LE MÊME UNIFORME.
MAIS, PLUTÔT QUE DE VOUS DIRE QUE VOUS ÊTES SEUL CONTRE TOUS ...
DITES-VOUS QUE VOUS ÊTES UNE ÉQUIPE. C'EST PLUS FACILE !
C'EST VRAI QUE CE N'EST PAS ÉVIDENT.
AH, JE VOIS.
Ah !
EH OUI !
Ce n'est pas évident non plus ...
JE COMPRENDS POURQUOI IL A AUTANT DE SUCCÈS.
C'EST SI SIMPLE DE DISCUTER AVEC LUI ...

J'AURAIS DÛ ...
LUI DEMANDER CONSEIL PLUS TÔT.
POURQUOI AVEZ-VOUS CHOISI ...
DE DEVENIR PROFESSEUR ?
EN VOILÀ UNE BONNE QUESTION ...
ALLEZ ! DITES-LE-MOI !
JE VOUS AI BIEN TOUT RACONTÉ SUR MOI !
J'AI AIMÉ VOUS ÉCOUTER.
AHH !
VOUS DITES ENCORE DES CHOSES GENTILLES.
ALLONS DANS UN AUTRE BAR !
Alleeez !
Allez !
NAN, J'AI TROP BU.
IL VA FALLOIR QUE JE RENTRE SINON ÇA VA MAL TOURNER.
AH !
VOTRE PETITE AMIE VOUS ATTEND ?
J'ENVIE ...
VOTRE SUCCÈS, VOUS SAVEZ.
VOUS ÊTES POPULAIRE AUPRÈS DES ÉLÈVES ...
ET AUSSI AUPRÈS DES FEMMES.

ARRÊTEZ …
DE VOUS COLLER À MOI COMME ÇA.
UN HOMME AUSSI BIEN QUE VOUS …
N'A AUCUN SOUCI.
Votre vie est parfaite.
MONSIEUR TAKIGAWA … VOUS AVEZ VRAIMENT DE LA CHANCE …
JE VOUS ENVIE …

AAH...
MH...
HEIN ?
MH ?
FRSH
FRSH
HEIN ?

QU…
QU'EST-CE…
QUE ÇA VEUT DIRE ?
GNN
GNN
AHH !
A… ARRÊTEZ …
AH …
J…
PAF
J'AI DIT …
STOP !
HAA…
HAA…

ET MERDE...
J'AI VRAIMENT TROP BU...
QU... QU'EST-CE QUI VOUS A PRIS ?
JE DEVIENS INCONTRÔLABLE, QUAND JE SUIS SAOUL.
J'EMBRASSE TOUT CE QUI BOUGE.
VOUS M'AVEZ AUSSI TOUCHÉ...
J'AI LES MAINS BALADEUSES.
QUELLES CONNERIES !
LES FESSES...
JE VOUS AVAIS BIEN DIT DE NE PAS VOUS COLLER À MOI...
ET C'EST POUR ÇA QUE VOUS M'AVEZ TRIPOTÉ ?

CESSEZ DE FAIRE L'ENFANT ...
ET ESSAYEZ DE COM-PRENDRE UN PEU !
JE PRÉFÈRE LES HOMMES ...!
AUX FEMMES.
IL PRÉFÈRE LES HOMMES ?
ÇA FAIT LONGTEMPS QUE J'EN AI PRIS CONSCIENCE.
JE SUIS DÉJÀ SORTI AVEC DES FEMMES, MAIS ...
ÇA NE MARCHAIT PAS ET JE ME FAISAIS PLAQUER AUSSITÔT.

JE CROIS QUE ...
J'AI TOUJOURS AIMÉ LES HOMMES.
PAS UNE SEULE FOIS JE NE SUIS TOMBÉ AMOUREUX.
QU'EST-CE QUE ÇA VEUT DIRE ?
COMMENT PUIS-JE RÉPONDRE ?
EUH... EH BIEN ...
ENFIN ...
VOUS VOYEZ ...
JE NE MÈNE PAS UNE VIE EXEMPLAIRE ...
MONSIEUR KOMORI.
IL N'EST PAS PARFAIT, FINALEMENT.
IL DÉTIENT UN SECRET SURPRENANT.

"UN HOMME QUI AIME LES HOMMES".
C'EST LA PREMIÈRE FOIS QUE JE RENCONTRE QUELQU'UN DE CE GENRE.
BONJOUR.
MERCI POUR HIER.
JE...
JE VOUS EN PRIE.
JE NE SAIS PAS ...
QUELLE ATTITUDE ADOPTER FACE À LUI.
ON EN VOIT BEAUCOUP À LA TÉLÉ ET DANS LES FILMS, MAIS ...
EN RENCONTRER UN, C'EST... JE NE SAIS PAS ...
M'SIEUR ?
POURQUOI TU BOUGES PLUS ?
SSH
ET SI NOUS JOUIONS UN PEU ?
JEU DE CARTE
FIGE
JE NE SAIS MÊME PAS COMMENT M'Y PRENDRE AVEC LES ENFANTS ...
JE FERAIS PEUT-ÊTRE MIEUX D'OUBLIER TOUT ÇA ...
ET DE FAIRE COMME SI DE RIEN N'ÉTAIT ...
BONJOUR MONSIEUR !

OUI, BONJOUR.
MONSIEUR, ON JOUE À LA BALLE AU PRISONNIER ?
QUOI ? NAN, AU FOOT PLUTÔT !
MAIS, PUIS-JE VRAIMENT LAISSER LES CHOSES TELLES QU'ELLES SONT ?
ET S'IL AVAIT UNE MAUVAISE INFLUENCE SUR LES ENFANTS ?
D'ACCORD. ON VA FAIRE LES DEUX !
Commençons d'abord par la balle au prisonnier !
OUAIS !
PAS TOUCHE …
JE CROIS QUE …
J'AI TOUJOURS AIMÉ LES HOMMES.
AUX ENFANTS !

NON VRAIMENT, JE NE PEUX PAS LE LAISSER FAIRE.
ATTENDEZ UN PEU !
C'EST ABJECT.
MONSIEUR ?
ET SI VOUS JOUIEZ PLUTÔT ...
AVEC MOI ?
QUOI ? NAN !
ON VEUT JOUER AVEC M. TAKIGAWA !
NON, CE N'EST PAS POSSIBLE. VENEZ PAR LÀ.
HEIN ? POURQUOI ?
On ne veut pas de toi.
VOUS NE POUVEZ PAS JOUER AVEC M. TAKIGAWA.
POUR-QUOOOI ?

M. TAKIGAWA EST...
DANGE-REUX ...
C'EST UN PROFESSEUR DANGEREUX.
GRAB
MONSIEUR KOMORI ...
J'AI À VOUS PARLER.
HEIN ...
ON JOUERA À LA BALLE AU PRISONNIER UNE PROCHAINE FOIS.
A...
ATTENDEZ !
QUE FAITES-VOUS ?
LÂCHEZ-MOI !
SANITAIRES DES PROFESSEURS

MAIS ... QU'EST-CE QUI VOUS PREND ?
VOUS PENSIEZ QUE J'ALLAIS TOUCHER AUX ENFANTS ?
JE NE FERAIS JAMAIS UNE TELLE CHOSE !
CRACH
VOUS AIMEZ LES FEMMES, MAIS ...
VOUS NE DÉSIREZ PAS POUR AUTANT VOS ÉCOLIÈRES !
EN... EN FAIT, JE...
NE RACONTEZ PAS N'IMPORTE QUOI À MES ÉLÈVES !
OH ...
ATTEN-DEZ ...

SI JAMAIS VOUS OSEZ DIRE QUELQUE CHOSE SUSCEPTIBLE DE CHOQUER CES ENFANTS ...
JE VOUS VIOLE ...
JE VOUS DÉFONCERAI TELLEMENT PAR DERRIÈRE ...
QUE VOUS NE POURREZ PLUS VENIR À L'ÉCOLE PENDANT UN BON MOMENT.
SALE ...
PERVERS ...
MAIS OUI.
J'EN SUIS UN. JE ME FOUS DE CE QUE VOUS PENSEZ DE MON HOMO-SEXUALITÉ !

MAIS ...
NE MÊLEZ PAS LES ÉLÈVES À ÇA.
...
SI VOUS AVEZ ENVIE DE TOUT BALANCER ...
DITES-LE AU DIRECTEUR.
MAIS N'EN PARLEZ PAS AUX ENFANTS.
JE N'ARRIVE PAS À CROIRE ...
QU'IL ME MENACE ...

IL A RAISON.
JE NE FAIS PAS ATTENTION AUX SENTIMENTS DES AUTRES.
"NE MÊLEZ PAS LES ÉLÈVES À ÇA."
IL FAIT BIEN PLUS ATTENTION AUX ÉLÈVES QUE MOI.
MAIS...
EST-CE MA FAUTE ?
C'EST POUR CELA QU'IL ÉTAIT AUSSI EN COLÈRE.
M'SIEUR !
DÉPÊCHEZ-VOUS DE MANGER !
ARRÊTEZ DE FAIRE LA TÊTE !
C'est pas bon quand c'est froid.
...
...
DÉSOLÉ ...
J'ai pas faim...
POURQUOI TU PLEURES ?
ARRÊTE ÇA !
Pas cool.
IL S'EST DISPUTÉ AVEC M. TAKIGAWA TOUT À L'HEURE.
BEN ALORS, IL N'A QU'À VITE S'EXCUSER.
C'EST PEUT-ÊTRE PAS QUE DE LA FAUTE À KOMORI.

COURAGE, M'SIEUR !
NE L'ENCOURAGEZ PAS.
LES ADULTES ONT LA VIE DURE.
ET C'EST ÇA, UN PROF ?!
C'EST UN ÊTRE HUMAIN AUSSI.
AH BON ? KOMORI EST UN ÊTRE HUMAIN ?
JE PENSAIS QUE C'ÉTAIT UN SINGE.
...
MERCI POUR VOS ENCOURAGEMENTS VARIÉS.
JE MANGE ...
QUOI ? IL PLAISANTE ...
ET MOI QUI PENSAIS PRENDRE SA PART.
Te force pas surtout !
DANS UNE CLASSE, CHAQUE ÉLÈVE EST PARTICULIER ...
ET ILS DEVIENDRONT TOUS DES ADULTES DIFFÉRENTS.
J'AI ÉTÉ ...
VRAIMENT INTOLÉRANT !
MONSIEUR TAKIGAWA.

JE PEUX VOUS PARLER UN INSTANT ?
ALLEZ PLUTÔT VOIR LE DIRECTEUR ...
ET LAISSEZ LES SUPÉRIEURS RENDRE LEUR VERDICT.
JE N'AI PAS ENVIE DE DÉMISSIONNER, MAIS ...
J'Y SERAI FORCÉ S'ILS JUGENT QUE JE NE PEUX PLUS EXERCER.
CE N'EST PAS DE ÇA DONT JE VEUX VOUS PARLER.
JE VOUDRAIS M'EXCUSER.
J'AI BEAU ÊTRE PROF ...
J'AI TROP DE PRÉJUGÉS.
JE CROIS QUE ...
SI UN DE MES ÉLÈVES VENAIT ME VOIR ...
AVEC UN PROBLÈME SIMILAIRE ...
JE NE POURRAIS PAS LUI DIRE QUE C'EST MAL.
J'ESSAIERAIS DE LUI FAIRE COMPRENDRE ...
QU'IL FAUT AFFRONTER LA VIE MALGRÉ LES DIFFICULTÉS.

EN TOUT CAS ...
JE VEUX DIRE QUE ...
JE...
JE VOUDRAIS VOUS COMPRENDRE ...
VOUS ÊTES VRAIMENT QUELQU'UN DE DROIT.
QU'IMPORTE SON PENCHANT ...
IL N'Y A PAS DE DOUTE, C'EST UN BON PROFESSEUR.
J'AIME ...
LES ENFANTS.
MAIS JE NE POURRAI JAMAIS ME MARIER ...
ET EN AVOIR.

POUR COMPENSER ... JE PRENDS SOIN DE MES ÉLÈVES.
JE VOIS ...
C'est ce qui l'a poussé à devenir prof ?
EN VÉRITÉ ...
JE SÉLECTIONNE RIGOUREUSEMENT MES FRÉQUENTATIONS.
JE NE M'INTÉRESSE QU'AUX PERSONNES QUI ONT PLUS OU MOINS CINQ ANS D'ÉCART AVEC MOI.
J'AI 25 ANS ...
DONC TANT QU'ILS N'ONT PAS MINIMUM LA VINGTAINE ...
LES ÉLÈVES ET LES PARENTS N'ENTRENT PAS DANS CETTE CATÉGORIE.
AH, BIEN SÛR ...
QUOI ?
IL FALLAIT LE DIRE PLUS TÔT !
JE ME SUIS INQUIÉTÉ POUR RIEN.
SUR CE COUP-LÀ, JE VOUS BATS !
Ma cible c'est entre 18 et 35 ans !
VOUS ÊTES LENT À LA DÉTENTE !
ENCORE UNE FOIS ...
VOUS VOUS INQUIÉTEZ PLUS POUR VOS ÉLÈVES QUE POUR VOUS-MÊME ...
ÇA PROUVE QUE VOUS ÊTES UN BON PROF.

JE CROIS QUE JE SUIS SÉRIEUSEMENT EN TRAIN DE TOMBER AMOUREUX ...
PARDON ?
JE ME DISAIS QU'ÉTANT COLLÈGUES, IL NE POURRAIT RIEN Y AVOIR ENTRE NOUS, MAIS...
VOUS... TU ES PILE AU CENTRE DE LA TRANCHE D'ÂGE QUI M'INTÉRESSE.
TU M'ATTIRES DEPUIS LA PREMIÈRE FOIS QUE JE T'AI VU ...
JE...
JE SUIS PILE AU CENTRE DE LA TRANCHE D'ÂGE QUI VOUS INTÉRESSE ?
MAIS, JE SUIS UN HOMME !
AS-TU ÉCOUTÉ CE QUE JE VIENS DE DIRE ?
C'EST UN PEU TARD POUR T'EN RENDRE COMPTE.

BON, JE VAIS RECOMMENCER DEPUIS LE DÉBUT.
HÉ ! ATTENDEZ UN PEU...
IL EST VRAIMENT REDOUTABLE...
ET DANGEREUX...
POUR MOI.
LAISSE-MOI T'AIMER.
KOMORI...
JE VEUX T'AIMER...
JUSTE T'AIMER.

APRÈS TOUT ÇA ...
JE NE PEUX PAS LUI DIRE NON.
BON, JE VOUS... JE TE PROPOSE ...
AHEM
DE COMMENCER PAR EN DISCUTER ET NOUS VERRONS AU FUR ET À MESURE.
QUEL BON PROFESSEUR TU FAIS !
IL FAUT POSSÉDER ...
UN CERTAIN NOMBRE DE QUALITÉS ET DE VERTUS POUR ÊTRE INSTITUTEUR ...

MAIS ...
HÉ, M'SIEUR KOMORI !
MONSIEUR TAKI-GAWA !
...
FIGÉ
ILS ONT FAIT LA PAIX.
TANT MIEUX.
Kyah !
ON DIRAIT UN FEUILLETON À L'EAU DE ROSE.
BATTEZ-VOUS PLUTÔT SUR LES BERGES DE LA RIVIÈRE !
COURS VERS LE SOLEIL COUCHANT !
C'EST NUL.
...
J'AI L'IMPRESSION QUE MES PROBLÈMES NE FONT QUE COMMENCER ...
C'EST PAR CET INCIDENT ...
QUE COMMENCE MON HISTOIRE.

Lovely
Teachers!
2e heure

QUOI ?! À LA MONTAGNE ?
LE PARC, C'EST MIEUX !
JE VEUX ALLER AU ZOO !
JE VOTE POUR L'AQUARIUM !
ARRÊTEZ DE NE PENSER QU'À VOUS.
LA SEMAINE PROCHAINE, NOUS IRONS FAIRE UNE BALADE EN MONTAGNE.
PENSEZ À APPORTER UN BENTÔ, UNE GOURDE ET 300 YENS POUR LE GOÛTER.
ET METTEZ DE BONNES CHAUSSURES DE MARCHE.
CE1-B
300 YENS ?!
C'EST RIEN !
TAXE COMPRISE ?
ON PEUT RIEN ACHETER AVEC ÇA.
IMBÉCILE !
T'ES PAS OBLIGÉ DE LUI MONTRER LE TICKET.
...
JE SUIS INSTITUTEUR EN PRIMAIRE.
ET JE FAIS DE MON MIEUX AVEC MA CLASSE : LA CE1-B.

EFFECTIVEMENT…
NOUS N'AURONS PAS DE BANANES POUR LE GOÛTER.
…
QUOI ?
DES BANANES ?
ÇA VEUT DIRE QUOI ?
C'EST UNE BLAGUE !
UNE BLAGUE DE L'ÈRE SHÔWA, SÛREMENT.
C'EST SUPER VIEUX !
ON MANGE DES MANGUES, DE NOS JOURS.
Au dessert.
…
EN TOUS CAS… J'ESSAYE DE FAIRE DE MON MIEUX.
…
TU LEUR AS RACONTÉ UNE BLAGUE POUR LES FAIRE RIRE, C'EST ÇA ?
C'EST COURAGEUX.
CE N'EST PAS GRAVE.
TU FAIS CE QUE TU PEUX, KOMORI.
TU DEVRAIS ÊTRE CONTENT DE LES AVOIR AMUSÉS.
Ne t'en fais pas.
Mais non.
ILS N'ONT PAS RIGOLÉ DU TOUT.

AU REVOIR, MONSIEUR TAKIGAWA !
AU REVOIR !
À DEMAIN, MONSIEUR TAKIGAWA. ♡
FAITES ATTENTION À VOUS.
...
SI C'ÉTAIT LUI QUI AVAIT RACONTÉ CETTE BLAGUE ...
ILS AURAIENT SÛREMENT TOUS RI DE BON CŒUR.
TAKIGAWA EST L'ENSEIGNANT LE PLUS POPULAIRE DE L'ÉCOLE.
CETTE RANDO VA ÊTRE SYMPA.
AH ...
JE SUIS TOUT DE MÊME UN PEU INQUIET.
DANS LE BUS, CERTAINS ENFANTS RISQUENT D'AVOIR ENVIE D'ALLER AUX TOILETTES OU D'AVOIR MAL AU CŒUR ...
SI UN ÉLÈVE SE PERD ...
OU QUE L'UN D'ENTRE EUX TOMBE DE LA FALAISE ...
ET QU'EST-CE QU'ON FERA SI ON RENCONTRE DES GUÊPES, OU MÊME UN OURS ...
C'EST BIEN TOI, ÇA, KOMORI ...
TOUJOURS À T'INQUIÉTER POUR LES ÉLÈVES.
POF
MAIS NE TE TRACASSE PAS AUTANT.

LE PLUS IMPORTANT ...
C'EST DE LEUR LAISSER DE BONS SOUVENIRS DE CETTE SORTIE.
MÊME SI ÇA ME VEXE UN PEU, JE COMPRENDS QU'IL SOIT POPULAIRE.
C'EST VRAIMENT UN BON INSTITUTEUR.
FWIF
ET JE VEUX AUSSI ...
AVOIR DE BONS SOUVENIRS AVEC TOI.
...
ON MANGERA NOTRE BENTÔ ENSEMBLE, D'ACCORD ?
AVEC TOI, CE SERA ENCORE MEILLEUR.
MAIS ...
MAIS QU'EST-CE QUE...

TU NE VEUX PAS ?
S'IL N'ÉTAIT PAS "CE GENRE D'HOMME", IL SERAIT PARFAIT ...
D'ACCORD POUR LE BENTÔ MAIS ENLÈVE TA MAIN DE LÀ !
JE NE T'AI PAS VRAIMENT TOUCHÉ.
AUSSI FORTS QUE SOIENT TES SENTIMENTS, JE NE VEUX PAS QUE TU M'AGRESSES À L'ÉCOLE.
JE NE FAISAIS QU'EXPRIMER MON AMOUR.
...
...
Je ne ferai plus rien...
MON COLLÈGUE...
AIME LES HOMMES ...

JE SUIS ENSEIGNANT. JE VEUX ÉVITER D'AVOIR DES PRÉJUGÉS.
MAIS QUELLE RELATION EST-CE QUE JE POURRAIS BIEN ENTRETENIR AVEC LUI ?
J'AIME-RAIS LE COM-PRENDRE.
J'IMAGINE... QUE JE DEVRAIS D'ABORD EN APPRENDRE PLUS ...
MÊME SI C'EST MOI L'ENSEI-GNANT.
POUR COMPRENDRE, IL FAUT QUE JE FASSE QUELQUES RECHERCHES ...
CLIK CLIK
NON ! CE SERAIT IRRESPEC-TUEUX D'EN AVOIR PEUR.
JE DOIS ACCEPTER CE MONDE-LÀ ...
...
Qu'est-ce qu'il y a derrière cette mosaïque ?
MMMMH
SHOOM
Euh...
C'EST QUOI, ÇA ?
C'est dingue.
!!
GASP

C'EST IMPOSSIBLE ...
JE FERAIS MIEUX DE ME RENSEIGNER SUR LES GUÊPES ...
AAAH ...
J'AI DIT QUE JE SOUHAITAIS LE COMPRENDRE ...
MAIS ÇA RISQUE DE NE PAS ÊTRE SI FACILE QUE ÇA.
BILILIP BILILIP BILILIP
ALLÔ ?
BONJOUR, C'EST TAKIGAWA.
QUOI ?!
EXCUSE-MOI DE TE DÉRANGER UN DIMANCHE.
UNE SORTIE, ÇA TE DIT ?
SI OUI, JE PASSE TE CHERCHER.
VAS-Y ...
MONTE, JE T'EN PRIE.

...
EN ROUTE !
LE TEMPS EST MAGNIFIQUE, NON ?
JE ME SUIS DIT QUE C'ÉTAIT L'OCCASION DE FAIRE UN PETIT TOUR EN VOITURE.
EUH... OUI, EFFECTIVEMENT...
MAIS... EST-CE QUE...
C'EST UN RENDEZ-VOUS GALANT ?
KOMORI...
CES DERNIERS TEMPS, TU T'ES FAIT BEAUCOUP DE SOUCI.
J'AI PENSÉ QU'AU LIEU DE TE PRENDRE LA TÊTE, IL VALAIT MIEUX PASSER À L'ACTION.
PASSER À L'ACTION ?
NE T'INQUIÈTE PAS.
IL N'Y A PAS DE QUOI AVOIR PEUR.
C'EST JUSTE POUR ESSAYER.
ESSAYER...
C'EST VRAI QUE...
LORSQUE L'ON N'EST PAS HABITUÉ, LA PREMIÈRE FOIS EST TOUJOURS UN PEU DIFFICILE.

MAIS FINALEMENT ...
ON Y PREND VITE GOÛT.
EN FAIT ...
IL A L'INTENTION DE...
OÙ EST-CE QU'IL M'EMMÈNE COMME ÇA ?
CE... CE N'EST PAS POSSIBLE.
CE GENRE DE CHOSE ...
DÉSOLÉ ...
JE VAIS RENTRER
HEIN ?

J'AIMERAIS MIEUX TE COMPRENDRE, TAKIGAWA ...
SUR LE PLAN PSYCHOLOGIQUE.
MAIS ÇA NE VA PAS ETRE POSSIBLE SUR LE PLAN PHYSIQUE.
JE NE PEUX PAS FAIRE ÇA.
DÉPOSE-MOI N'IMPORTE OÙ.
JE SUIS VRAIMENT DÉSOLÉ ...
SI JE NE CORRESPONDS PAS À TES ATTENTES.
ÇA VA ALLER.
TU ES TOUT À FAIT CAPABLE ...

DE FAIRE DE LA RANDONNÉE EN MONTAGNE.
TU VOIS, MÊME SI ON EST EN PLEINE MONTAGNE, IL Y A UN SENTIER.
CE N'EST PAS DANGEREUX.
SI TU SUIS L'ITINÉRAIRE, TOUT IRA BIEN.
LORSQU'ON N'EST PAS HABITUÉ À MARCHER, ÇA PEUT ÊTRE DUR.
MAIS UNE FOIS ARRIVÉ AU SOMMET, TU SERAS RAVI PAR LA BEAUTÉ DU PANORAMA.
DE LA RANDONNÉE...
JE SUIS VENU UNE FOIS EN ÉCLAIREUR AVEC LE SOUS-DIRECTEUR.
C'EST POUR ÇA QUE JE ME SUIS DIT QUE CELA TE SOULAGERAIT DE TESTER PAR TOI-MÊME ÉGALEMENT...
UNE RANDONNÉE...
DE RECONNAISSANCE...
MAIS QU'EST-CE QUE JE M'IMAGINAIS ?!

JE SUIS DÉSOLÉ ...
VRAIMENT DÉSOLÉ ...
ÇA VA, NE T'EN FAIS PAS.
ON EST VENUS ICI POUR PRÉPARER L'EXCURSION.
CONCENTRONS-NOUS SUR LES ENFANTS.
DÉSOLÉ ...
ARRÊTE ...
DE T'EXCUSER.
DÉ...
...
EST-IL EN COLÈRE ?
OU SURPRIS ?

IL A EU LA GENTILLESSE DE M'INVITER POUR M'AIDER.
ET MES PRÉJUGÉS M'ONT ENCORE FAIT IMAGINER N'IMPORTE QUOI ...
CE1-B
M'SIEUR ?
ON N'A PAS LE DROIT AUX BANANES POUR LE GOÛTER.
EUH ...
MAIS EST-CE QU'ON A LE DROIT À DU LAIT CHOCO-BANANE ?
ET LES BISCUITS À LA BANANE ?
ET LES CHIPS À LA BANANE, ON PEUT ?
LES GÂTEAUX À LA BANANE ?
OUI, TOUT SAUF DES BANANES FRAÎCHES.
QUOI ?!
VOUS AURIEZ DÛ LE DIRE PLUS TÔT !
J'AVAIS DÉJÀ ACHETÉ DES TONNES DE TRUCS À L'ARÔME DE BANANE POUR COMPENSER !
VOUS ÊTES NUL EN EXPLICATIONS !
NE SOYEZ PAS SI DISTRAIT !
JE NE M'Y PRENDS PAS COMME IL FAUT.
QUOI QU'IL EN SOIT, JE NE DOIS PENSER QU'AUX ÉLÈVES, DORÉNAVANT.
JE DOIS FAIRE AU MIEUX ...
CE DONT JE SUIS CAPABLE.

CE DONT JE SUIS CAPABLE.
BON ! ALLONS-Y !
COMMENÇONS À MONTER !
TOUT LE MONDE EN FILE INDIENNE.
KOMORI EST MOTIVÉ ...
AVEC UN SI GROS SAC.
IL A L'INTENTION D'AFFRONTER QUELLE MONTAGNE AVEC ÇA ?
L'Himalaya ?
J'AI PENSÉ À PRENDRE TOUT PLEIN DE CHOSES UTILES.
MAIS DU COUP, MON SAC EST ÉNORME ...
ÇA VA ALLER ?
TU VEUX ME DONNER QUELQUE CHOSE À PORTER ?
NON.
NE T'EN FAIS PAS POUR MOI.
C'EST SUPER LOURD. JE NE VAIS PAS POUVOIR PORTER ÇA TRÈS LONGTEMPS.
C'EST CE QU'ON APPELLE LE POIDS DES RESPONSABILITÉS ...

M'SIEUR, J'AI UN PROBLÈME ...
J'AI OUBLIÉ MA CASQUETTE ...
SNIIIF SNIIIF
ÇA VA ALLER.
J'EN AI EMPORTÉ UNE AU CAS OÙ.
M'SIEUR ! Y A PLEIN D'INSECTES ! Y A PLEIN D'INSECTES !
TENEZ, UTILISEZ ÇA !
SPRAY RÉPULSIF
J'AI FAIT TOMBER MES MOUCHOIRS !
PAS DE PROBLÈME !
JE N'AI PLUS DE THÉ !
J'AI CHAUD !
TIENS, EN VOILÀ !
TIENS !
2 ℓ
C'EST BEAU ! ♡
JUMELLES
REGARDEZ CHACUN À VOTRE TOUR.
COMMENT C'EST POSSIBLE ?
AUJOURD'HUI, KOMORI S'EST TRANSFORMÉ EN DORAEMON.
JE SUIS CONTENT, TOUT SE PASSE BIEN.
SI ÇA CONTINUE COMME ÇA, ON VA RENTRER SANS QU'IL NE SOIT ARRIVÉ LE MOINDRE INCIDENT.
BON, ON VA S'INSTALLER ICI POUR DÉJEUNER.
D'ACCORD !
NE VOUS ÉLOIGNEZ PAS.
ET NE JETEZ RIEN PAR TERRE.
D'ACCORD !

LE BENTÔ ...
LE BENTÔ ?
...
J'AI OUBLIÉ ...
MON BENTÔ ...
COMMENT ÇA SE FAIT ?
J'ÉTAIS SÛR D'AVOIR PENSÉ À TOUT ...
HÉ, M'SIEUR, VENEZ PAR ICI !
HEIN ?
MANGEZ AVEC NOUS !
VOUS POUVEZ VENIR, EXCEPTIONNELLEMENT ...
PARCE QUE VOUS VOUS ÊTES BIEN OCCUPÉ DE NOUS, AUJOURD'HUI.
AH ...
OUI, INSTALLEZ-VOUS LÀ.
BIENVENU PARMI NOUS, MONSIEUR !
VITE, ON A FAIM !

DÉSOLÉ…
JE VAIS… MANGER UN PEU PLUS LOIN…
QUOI ?!
Pourquoi ?
HÉ HÉ HÉ
J'AI DES CHOSES… À PRÉPARER.
Excusez-moi.
JE NE PEUX PAS LEUR DIRE.
J'AI TROP HONTE.
GUIDE DE RANDONNÉE
• CE QU'IL NE FAUT PAS OUBLIER
JE NE SUIS PAS DIGNE D'ÊTRE ENSEIGNANT.
QU'EST-CE QU'ON A FAIT DE MAL ?
OUAIS…
KOMORI EST TROP NUL…
C'EST PARCE QUE VOUS L'EMBÊTEZ TOUT LE TEMPS.
C'EST PAS VRAI…

KOMORI ?
QUE FAIS-TU ...
TOUT SEUL DANS TON COIN ?
...
JE NE SERAI JAMAIS UN BON PROFESSEUR.
J'AI OUBLIÉ MON REPAS ...
LES ENSEIGNANTS SONT DES ÊTRES HUMAINS.
IL PEUT LEUR ARRIVER D'OUBLIER DES CHOSES.
MAIS JE RATE TOUT CE QUE JE FAIS !
JE NE SUIS MÊME PAS CAPABLE DE PRÉPARER MES AFFAIRES CORRECTEMENT.
JE NE SUIS BON QU'À CAUSER DES ENNUIS À MES ÉLÈVES ...
C'EST VRAIMENT PITOYABLE ...

ET JE NE MONTRE À TAKIGAWA ...
QUE CE CÔTÉ MINABLE DE MA PERSONNE.
TU NE LEUR CAUSES PAS D'ENNUIS.
TU TE TROMPES.
HEIN ?
ILS AVAIENT JUSTE L'AIR TRISTE.
SI TU LEUR DIS QUE TU AS OUBLIÉ TON REPAS ...
ILS EN RIRONT PROBABLEMENT.
CONTRAIREMENT AUX BLAGUES ÉTRANGES QUE TU FAIS SOUVENT ...
ILS ÉCLATERONT SÛREMENT DE RIRE.

ET ÇA LEUR FERA UN SOUVENIR INOUBLIABLE.
ET MÊME UNE FOIS ADULTE, ILS GARDERONT TOUS EN MÉMOIRE...
CE DÉLICIEUX SOUVENIR...
...
TU... TU CROIS ?
IL A COMPLÈTEMENT RAISON.
AVEC MOI, IL EST VRAIMENT...
IL A RAISON.

AU FAIT ...
TU AVAIS TORT AUSSI À MON PROPOS.
HEIN ?
DANS LA VOITURE, L'AUTRE JOUR ...
LORSQUE TU ÉTAIS DÉSOLÉ D'AVOIR IMAGINÉ DES CHOSES ...
EN FAIT, TU ÉTAIS DANS LE VRAI DEPUIS LE DÉBUT.
TU AVAIS VISÉ JUSTE ...
QUANT À MES INTENTIONS CACHÉES.
JE T'AVAIS INVITÉ POUR QU'ON PUISSE EN PARLER.
ET J'ÉTAIS ATTENTIONNÉ ...
PARCE QUE J'AVAIS UNE IDÉE DERRIÈRE LA TÊTE.
ET À VRAI DIRE, JE NE M'Y ATTENDAIS PAS DU TOUT.

...
ÇA ALORS ...
OUI.
ALORS CESSE DE T'EN FAIRE.
ALORS, J'AVAIS RAISON ...
AH AH!
ÇA ME RASSURE.
J'ÉTAIS PERSUADÉ D'AVOIR ÉTÉ EXTRÊMEMENT IMPOLI.
ET ÇA M'AVAIT SACRÉMENT RETOURNÉ ...
JE SUIS SOULAGÉ D'ENTENDRE ÇA.
...

JE VAIS ... RETROUVER MES ÉLÈVES.
ET LES FAIRE RIRE UN BON COUP.
D'AC-CORD. BON COURAGE.
QUOI ?
KOMORI A OUBLIÉ SON BENTÔ ?!
HA HA HA HA
J'Y CROIS PAS !
HA HA HA HA
TAKI-GAWA EST VRAI-MENT ...
QUEL-QU'UN DE BIEN ...
LES ENFANTS, NE DEVENEZ SURTOUT PAS COMME MOI EN GRANDISSANT.
HA HA HA ...
Quel idiot !
M'SIEUR, JE VOUS DONNE UN ONIGIRI !

MERCI.
ET MOI, MON POIVRON !
BLA BLA BLA
VOILÀ MES CHAMPIGNONS.
MANGEZ MES CAROTTES.
Mes petits pois.
AUJOURD'HUI, VOUS ÊTES VRAIMENT UTILE, M'SIEUR.
SNIF
LES AUTRES JOURS, VOUS DEVREZ MANGER DE TOUT.
PERSONNE N'A DE LA MANGUE À ME DONNER ?
HA HA HA HA HA HA HA
NE POUSSEZ PAS NON PLUS !
IL EST POSSIBLE QUE JE NE L'APPRÉCIE PAS UNIQUEMENT ...
BON, ON SE SÉPARE ICI POUR AUJOURD'HUI.
RENTREZ TOUS CHEZ VOUS DIRECTEMENT, D'ACCORD ?
EN TANT QU'INSTITUTEUR, MAIS AUSSI EN TANT QU'ÊTRE HUMAIN ...
L'EXCURSION N'EST PAS TERMINÉE TANT QUE VOUS N'AVEZ PAS PASSÉ LE PAS DE VOTRE PORTE.
HA HA HA ...
C'est promis !
...
J'AI ESSAYÉ DE LEUR LANCER UN PETIT DÉFI.
Pour rigoler.
ILS ONT IMMÉDIATEMENT JOUÉ LE JEU.
JE NE PEUX VRAIMENT PAS RIVALISER ...

NÉANMOINS …
GRÂCE À LUI …
CETTE SORTIE A ÉTÉ GÉNIALE.
JE LUI SUIS PROFONDÉMENT RECONNAISSANT.
ピンポーン DING
ピンポーン DONG
BONSOIR.
?
TAKIGAWA ?
QU'EST-CE QU'IL Y A ?
JE VIENS TOUT JUSTE D'ARRIVER.
MOI AUSSI.
HEIN ? POURQUOI EST-CE QUE…

DODOM
MM
EUH
...
MM
QU'EST-
CE QUE...
MM

QU'EST-CE…
QU'EST-CE QUE TU FAIS ?
LA SORTIE EST FINIE …
ON EST EN PRIVÉ MAINTENANT.
AH
C'EST LA PREMIÈRE FOIS QUE JE SUIS AVEC UN HOMME COMME TOI.
TU ES TELLEMENT ADORABLE, JE NE PEUX PLUS RÉSISTER …
AAAH !
ATT … ATTENDS …
JE NE POURRAI PAS ATTENDRE PLUS LONGTEMPS.
LAISSE-MOI FAIRE, RIEN QU'UN PEU.
AAH
AAH
NON !!
MAIS TU AS DIT QUE TU ÉTAIS SOULAGÉ …
QUAND JE T'AI AVOUÉ AVOIR EU DES ARRIÈRE-PENSÉES.

CE N'ÉTAIT PAS CE QUE JE VOULAIS DIRE ...
ARRÊTE !
JE SUIS DÉSOLÉ MAIS JE NE VEUX PAS COUCHER AVEC TOI.
JE NE PEUX PAS FAIRE ÇA.
MAIS DE QUOI PARLES-TU EXACTEMENT ?
LA DERNIÈRE FOIS, ÇA M'A BEAUCOUP INTRIGUÉ.
OÙ ET QUAND AS-TU APPRIS TOUTES CES CHOSES ?
...
JE N'IMAGINAIS PAS...
QUE TU ENVISAGEAIS D'ALLER AUSSI LOIN AVEC MOI.
JE PENSAIS SEULEMENT TE FAIRE PART DE MES SENTIMENTS.
MAIS J'AI UN PEU PLUS D'ESPOIR À PRÉSENT.
AH ...
À L'ÉCOLE, JE DOIS CONSTAMMENT ME CONTRÔLER.

MAIS JE N'EN PEUX PLUS.
JE T'AIME VRAIMENT.
J'ÉTAIS PERSUADÉ DE NE PAS VOULOIR PASSER À L'ACTE ...
C'EST BIZARRE ...
TU ...
TU PEUX TOUCHER MES FESSES, SI TU VEUX.

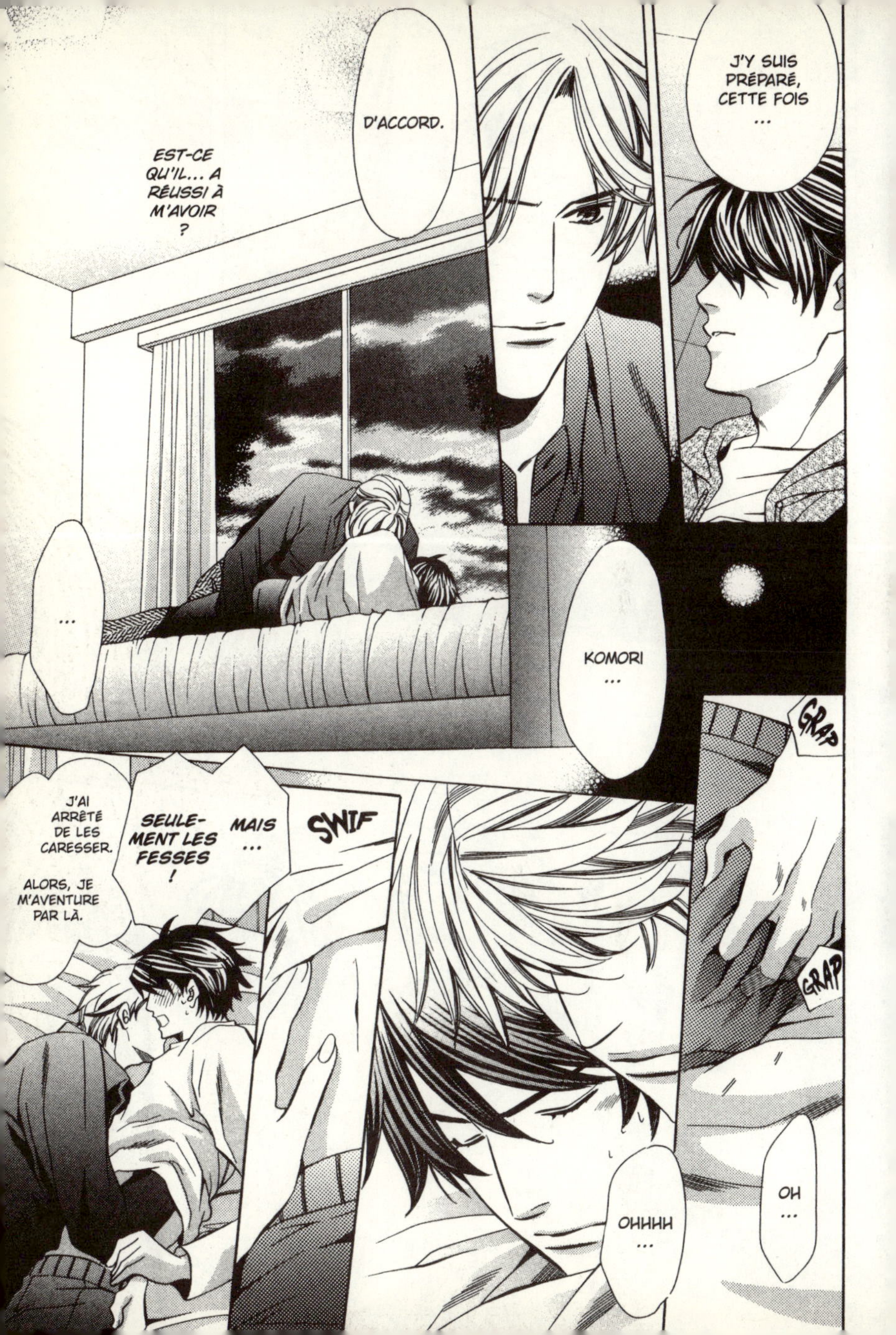
J'Y SUIS PRÉPARÉ, CETTE FOIS ...
D'ACCORD.
EST-CE QU'IL... A RÉUSSI À M'AVOIR ?
KOMORI ...
...
GRAP
GRAP
OH ...
OHHHH ...
SWIF
MAIS ...
SEULEMENT LES FESSES !
J'AI ARRÊTÉ DE LES CARESSER.
ALORS, JE M'AVENTURE PAR LÀ.

OH
...
AH
!
SLIK
NON, ICI, C'EST MAL
...
GNN
GNN
SI TU FAIS ÇA
...
JE VAIS BAN...
IL N'Y A RIEN DE MAL À ÇA.
C'EST MÊME GÉNIAL.
SWIF
AH
...
TU AS LA FORME
...
C'EST BON.
TRÈS BON.

...
TU EN ES DÉJÀ LÀ ...
MMH
SLIK
SLIK
AH ...
MMH GNN
AAH
AAH
EST-CE QUE TU AIMES ÇA ?
ON PEUT VENIR ENSEMBLE SI TU VEUX.
OH ...
ÇA VA, NE TE RETIENS PAS.
JOUIS ...

!!
C'EST QUOI, ÇA ?
IL M'A FORCÉ À DÉCOUVRIR... QUELQUE CHOSE DE MERVEILLEUX ...
JE SUIS ÉTONNÉ ...
QUE TU SOIS AUSSI DOUÉ ...
KOMORI.
MAIS... PAS DU TOUT... JE...
JE ...
J'AI JUSTE JOUI ...
LA PREMIÈRE FOIS ...
PEU D'HOMMES SONT AUSSI SEXY AU MOMENT D'AVOIR UN ORGASME.

C'ÉTAIT BIEN ...
TA PREMIÈRE FOIS AVEC UN HOMME, HEIN ?
C'ÉTAIT PAS ÉVIDENT ?!
JE SUIS HEUREUX.
MERCI BEAUCOUP.
SMAK
JE ME SOUVIENDRAI TOUTE MA VIE ...
DE CETTE JOURNÉE.
J'AI UN PEU L'IMPRESSION DE M'ÊTRE FAIT AVOIR ...
MAIS ÇA DEVRAIT ALLER.

JE PENSE AVOIR COMPRIS QU'AU MOINS ...
SES SENTIMENTS SONT SINCÈRES.
AUJOURD'HUI ...
VOUS ALLEZ FAIRE DES RÉDACTIONS QUE L'ON VA RASSEMBLER DANS UN RECUEIL.
LE SUJET SERA : "SOUVENIRS DE RANDONNÉE".
M'SIEUR KOMORI A OUBLIÉ SON BENTÔ.
C'ÉTAIT INTÉRESSANT.
PITOYABLE.
C'ÉTAIT DIGNE DE LUI.
JE M'EN SOUVIENDRAI TOUTE MA VIE.
...
FINALEMENT, NOUS AVONS TOUS RÉUSSI À GARDER DES SOUVENIRS MÉMORABLES ...
DE CETTE AVENTURE.

CE1-B
Lovely Teachers!
3e heure
CE1-A

BONJOUR LES ENFANTS !
LE COURS VA COMMENCER.
VOUS ÊTES QUI ?
QU'EST-CE QUI VOUS ARRIVE ?
TROP BIZARRE, VOTRE TÊTE !
AUJOURD'HUI, PENDANT LA TROISIÈME HEURE, NOUS ALLONS RECEVOIR VOS PARENTS POUR LEUR PRÉSENTER LA CLASSE.
NE SOYEZ PAS NERVEUX.
BRR
BRR
TRAVAILLEZ COMME D'HABITUDE.
LUI, IL EST DIFFÉRENT DE D'HABITUDE ...
SA TÊTE EST BIZARRE.
OUI, IL A UNE DRÔLE DE TRONCHE.
MAIS NON ! C'EST PAS SA TÊTE QUI EST BIZARRE, C'EST SA COIFFURE !
Ah oui, c'est vrai !
EUX, PAR CONTRE, ILS SONT COMME D'HABITUDE ...
AUJOURD'HUI, LES PARENTS VISITENT LES CLASSES ...
AFIN DE DÉCOUVRIR LA VIE DE LEURS ENFANTS À L'ÉCOLE ...

MAIS IL N'Y A QUE MOI ...
QUI SUIS NERVEUX ...
SANITAIRES DES PROFESSEURS
QU'EST-CE QUI T'ARRIVE, KOMORI ?
TU ES SUPER DYNAMIQUE !
...
ET TOI, TU ES BIEN CALME, TAKIGAWA.
C'est un sweat ?
OUI, JE LE PORTE TOUJOURS QUAND IL Y A GYM.
JE PENSE QUE C'EST BIEN D'AGIR COMME D'HABITUDE.
C'EST ÉNERVANT, IL GARDE TOUJOURS SON CALME.
ÇA VA ALLER, NE SOIS PAS SI NERVEUX.
くしゃ FLAP くしゃ FLIP
AH !
ATTENDS UN PEU.
...
JE NE SERAI JAMAIS COMME LUI ...
...
VOILÀ, C'EST BEAUCOUP MIEUX COMME ÇA.
Mon bru-shing ...

JOUR APRÈS JOUR, IL ME DONNE DU COURAGE.
JE LUI EN SUIS RECONNAISSANT, MAIS...
C'EST LE KOMORI HABITUEL QUI EST LE MEILLEUR !
QU'EST-CE QU'IL Y A ?
NON, RIEN...
ALLONS-Y ET NE T'EN FAIS PAS !
OUI, D'ACCORD.
APRÈS CE QUI S'EST PASSÉ L'AUTRE JOUR...
POURQUOI EST-CE QU'IL FAIT COMME SI DE RIEN N'ÉTAIT.
IL ÉTAIT TRÈS DOUÉ, ON SENTAIT QU'IL AVAIT L'HABITUDE.
JE N'AI PAS PU RÉSISTER.
TAKIGAWA EST UN HOMME EXPÉRIMENTÉ.

SI ÇA SE TROUVE, CELA N'AVAIT RIEN D'EXTRAORDINAIRE POUR LUI.
IL N'Y A SÛREMENT QUE MOI QUI Y PENSE ENCORE…
POURQUOI VOUS ROUGISSEZ, M'SIEUR KOMORI ?
VOUS ÊTES GÊNÉ À CAUSE DE TOUTES LES MAMANS ?
ELLES SONT MARIÉES.
Ah, mamaaaan !
AH, C'EST PAS POSSIBLE.
CE N'EST PAS LE MOMENT DE PENSER À TOUT ÇA.
JE DOIS ME CONCENTRER SUR LA LEÇON.
BON, VOUS AVEZ TOUS TERMINÉ ?
OUIIII !
ALORS, VOYONS LES RÉPONSES.
QUE CEUX QUI ONT LA SOLUTION…
Lèvent la main !
OUIII ! OUI ! MOI !
J'AI TROUVÉ !
EH BIEN, VOUS ÊTES TRÈS EN FORME, AUJOURD'HUI !
SNIF
Ils sont adorables, quand même.

Je com prend pas du tout.
J'ai menti.
Je don ne ma langue au chat.
J'AI PAS TROUVÉ.
VOUS ÊTES TOUS TRÈS INTELLIGENTS...
HI HI HI
AH AH AH
Je suis impressionné...
SLAM!
VEUILLEZ M'EXCUSER, JE SUIS EN RETARD.
AH !
OUI, JE VOUS EN PRIE.
AH, C'EST MON PAPA !
BLA BLA
BLA
C'EST LE PÈRE DE QUI ?
C'EST LE PAPA DE FUJITA ?
IL EST CLASSE !
JE PEUX ENCORE ENTRER ?
C'EST RARE...
UN PÈRE AUSSI JEUNE.
JE VOUS EN PRIE, CONTINUEZ LA LEÇON.
AH, EUH... OUI, PARDON !

ALORS... OÙ EN ÉTIONS-NOUS ?
ÇA, C'EST BIEN KOMORI !
AH AH AH AH AH AH
Il est pas possible !
JE SUIS VRAIMENT DÉSOLÉ ...
D'AVOIR INTERROMPU VOTRE COURS.
J'AI ÉTÉ MALENCONTREUSEMENT RETENU AU TRAVAIL.
NON, C'EST MOI QUI SUIS DÉSOLÉ D'AVOIR PARU AUSSI MALADROIT.
LES PARENT DE FUJITA SONT DIVORCÉS.
IL VIT AVEC SON PÈRE.
JE LE SAVAIS, MAIS ...
ON A À PEU PRÈS LE MÊME ÂGE ...
J'AI 27 ANS.
HEIN ?
VOUS AVIEZ L'AIR DE VOULOIR POSER LA QUESTION.
EX...
EXCU-SEZ-MOI.
ILS SE SONT MARIÉS À 19 ANS ET ONT DIVORCÉ SEULEMENT 2 ANS APRÈS !
C'ÉTAIT UNE FOLIE DE JEUNESSE !
ON A COMPRIS !
PLAF

ON FERAIT UN BON DUO COMIQUE !
Tu vas voir à la maison !
...
QUAND JE LES REGARDE ...
ÉVIDEMMENT ...
IL EXISTE TANT DE FAMILLES DIFFÉRENTES.
LA JOURNÉE D'ACCUEIL DES PARENTS ME SEMBLE UN PEU PLUS AGRÉABLE.
CE PETIT GARÇON ESPIÈGLE EST LE PORTRAIT DE SON PÈRE.
C'EST ATTENDRIS-SANT.
MON-SIEUR TAKI-GAWA.
MERCI, NOUS VOUS SOMMES TRÈS RECONNAIS-SANTES !
NON, CE N'EST RIEN.
C'ÉTAIT UN COURS TRÈS INTÉRESSANT !
JE VOUS REMERCIE.

AH, COMMENT ÇA S'EST PASSÉ ?
TAKIGAWA ?
QU'EST-CE QUE ...
TU FAIS ICI, TOI ?
ET TOI, SENPAI ?
SE RETROUVER À UN MOMENT PAREIL, ON SE CROIRAIT DANS UNE SITCOM.
C'EST UNE COÏNCIDENCE EXTRAOR-DINAIRE.
CE SERAIT EXAGÉRÉ DE PARLER DE RETROU-VAILLES.
QUOI ?
ILS SE CONNAISSENT ?

NOUS ÉTIONS JUSTE DANS LE MÊME CLUB, AU LYCÉE.
C'EST TOUT DE MÊME RARE QUE ÇA ARRIVE.
TU DEVRAIS L'INVITER À BOIRE UN VERRE, NON ?
ON N'A PAS LE DROIT DE RENCONTRER LES PARENTS EN DEHORS DU CONTEXTE SCOLAIRE.
OUI, MAIS ...
C'EST AGRÉABLE DE PARLER DU BON VIEUX TEMPS.
MOI, J'AIMERAIS BIEN AVOIR UN ANCIEN AMI À QUI PARLER DE MA VIE.
UN ANCIEN AMI.
UN AMI ...
ZUT ...
IL FAUT QUE JE FASSE PLUS ATTENTION À CE QUE JE DIS ...
J'OUBLIAIS !
TAKIGAWA AIME LES HOMMES ...
C'EST UNE VIEILLE CONNAISSANCE, MAIS ...
NOUS NE NOUS VOYONS PLUS DU TOUT.

ARRÊTONS DE PARLER DE ÇA.
SA FAÇON D'EN PARLER ...
M'INTRIGUE ...
LE PÈRE DE FUJITA EST PLUTÔT SÉDUISANT ET POUR CE QUI EST DE L'ÂGE, IL ENTRE DANS LES CRITÈRES DE RECHERCHE DE TAKIGAWA.
Je me fais des films ...
NON ! CE SONT DES PRÉJUGÉS !
C'EST IRRESPECTUEUX DE FAIRE CE GENRE DE RACCOURCI !
IL A PARLÉ D'UNE MARGE DE CINQ ANS.
1-2-3...
QUELLE RELATION POUVAIENT-ILS BIEN AVOIR ?
BIDIBIDIBIDIIP
BIDIBIDIIP
IL FAUT QUE J'ARRÊTE DE PENSER À ÇA ...
Allô ?
OUI.
C'EST KOMORI.

BONSOIR.
JE SUIS DÉSOLÉ DE VOUS APPELER À VOTRE DOMICILE.
JE SUIS LE PAPA DE YÛKI FUJITA.
MMH ?
QUOI ?!
EN FAIT...
J'AI QUELQUE CHOSE À VOUS DEMANDER.
JE SUIS UN PEU INQUIET...
ET J'AI PENSÉ QU'IL VALAIT MIEUX EN DISCUTER.
QU'Y... QU'Y A-T-IL ?
C'EST À PROPOS DE TAKIGAWA.
NOUS NOUS SOMMES CONNUS AUTREFOIS...
C'EST UN HOMME À PROBLÈMES...
QUE... QUE VOULEZ-VOUS DIRE ?
ÉCOUTEZ-MOI ATTENTIVEMENT...

EN FAIT... IL EST ...
GAY !
C'EST UN HOMME ...
QUI A CE GENRE DE PENCHANTS, VOUS VOYEZ.
C'EST ...
IMPOSSIBLE ...
JE VOUS ASSURE QUE SI.
CE N'EST PEUT-ÊTRE PAS TRÈS ÉLÉGANT DE LE DÉNONCER AINSI, MAIS ...
JE SUIS PÈRE, MAINTENANT.
JE VOUS EN PARLE POUR LE BIEN DES ENFANTS.
JE PENSE QUE CET HOMME EST DANGEREUX !
FAITES VRAIMENT ATTENTION !

QUE S'EST-IL PASSÉ ...
ENTRE EUX ?
JE NE SAIS PAS QUOI FAIRE.
BONJOUR, KOMORI.
OUI ...
BON-JOUR.
QU'EST-CE QUE TU AS ?
RIEN ...
JE NE PEUX PAS LUI DIRE.
JE NE PEUX PAS LUI RAPPORTER CES MOTS HORRIBLES.
C'EST NATUREL DE SE FAIRE DU SOUCI, QUAND ON EST PARENT.
MAIS TAKIGAWA N'EST PAS DANGEREUX DU TOUT.
IL NE FERAIT JAMAIS DE MAL À UN ÉLÈVE.
ET PUIS, J'AI EU LES MÊMES INQUIÉ-TUDES, AU DÉBUT.

QUOI ?
TON PAPA ÉTAIT COPAIN AVEC M. TAKIGAWA ?
NON ?!
CE1-B
JE LE JURE ! REGARDEZ !
C'est papa et M. Takigawa !
AH, C'EST VRAI ! ILS ÉTAIENT AMIS !
QUE ...
QU'EST-CE QUE VOUS FAITES, LES ENFANTS ?
JE MONTRE DES PHOTOS !
J'AI CHIPÉ L'ALBUM DANS LE PLACARD DE PAPA !
Ce sont des photos du lycée.
JE NE VEUX PAS QUE VOUS REGARDIEZ ÇA EN CLASSE !
QUOI ?
JE LE CONFISQUE !
MAIS, SI JE FAIS ÇA ...
EST-CE QUE ÇA NE RISQUE PAS D'INQUIÉTER SON PÈRE DAVANTAGE ?

C'EST ...
PROBA-BLEMENT UN PASSÉ QU'IL PRÉFÈRE CACHER À SON FILS ...
ILS AVAIENT L'AIR SI PROCHES ...
QUE S'EST-IL PASSÉ ENTRE EUX ?
EST-CE QU'ILS ONT ÉTÉ ENSEMBLE PUIS SE SONT SÉPARÉS ?
PEUT-ÊTRE À CAUSE DU MARIAGE DE M. FUJITA ?
TAKIGAWA SE SERAIT FAIT PLAQUER ...
JE N'AURAIS PAS DÛ REGARDER ...
TAKIGAWA A DE L'EX-PÉRIENCE.
IL A DÛ AVOIR DE NOMBREUSES RELATIONS ...
JE DEVRAIS ...
ME FAIRE À CETTE IDÉE ...

KOMORI.
QU'EST-CE QUE TU AS ?
NON, CE N'EST RIEN ...
EN CE MOMENT, C'EST TOUT CE QUE TU SAIS DIRE.
JE T'ASSURE QU'IL N'Y A RIEN.
... CES PHOTOS ...
OÙ LES AS-TU TROUVÉES ?
EH BIEN ...
LES ENFANTS LES REGARDAIENT PENDANT LE COURS ...
DONNE-MOI ÇA.
NON !
JE VAIS LES RENDRE À CE PETIT GARÇON.
NON !
RENDONS-LES PLUTÔT À SON PÈRE.

POUR-QUOI ÇA ?
IL VAUT MIEUX QUE LES ENFANTS NE VOIENT PAS ÇA.
ET PUIS ...
CE SERAIT TRÈS EMBÊTANT QUE LE PÈRE ...
SE FASSE DAVANTAGE DE SOUCI ...
QU'IL SE FASSE DU SOUCI ?
...
IL EST INQUIET À PROPOS DE CHOSES QUI N'ONT PAS LIEU DE LE PRÉOCCUPER.
JE CROIS QU'IL SE MÉPREND À TON SUJET ...
...
JE NE SAIS PAS CE QU'IL Y A EU ENTRE VOUS, MAIS ...
IL SEMBLERAIT QU'UN MALENTENDU AIT SUBSISTÉ APRÈS VOTRE SÉPARATION.
JE TROUVE ÇA VRAIMENT DOMMAGE.
...
HEIN ?

TU ES UN EXCELLENT ENSEIGNANT ...
MAIS IL NE TE FAIT PAS CONFIANCE PARCE QUE TU AIMES LES HOMMES.
C'EST TRÈS TRISTE.
MOI AUSSI ...
ÇA ME FAIT DU MAL, QU'IL PENSE ÇA ...
KOMORI ...
DE QUOI CE TYPE T'A-T-IL PARLÉ ?
EUH ...
QU'EST-CE QU'IL T'A DIT ?

EUH... IL A ...
DONNE-MOI LE CARNET D'ADRESSES DE TA CLASSE.
HEIN ?
J'Y VAIS !
TA...
TAKIGAWA !
QU'EST-CE QU'IL LUI ARRIVE ...
FUJITA
TOUT D'UN COUP ?

TU ES VENU ME RENDRE VISITE ?
PAS DU TOUT.
JE VEUX JUSTE SAVOIR ...
CE QUE TU AS ENCORE FAIT DE TORDU.
JE N'AI JAMAIS FAIT ...
QUOI QUE CE SOIT DE TORDU.
ARRÊTE DE FAIRE COMME SI DE RIEN N'ÉTAIT.
HAA
HAA
TAKIGAWA ...
J'AI FAIT ÇA POUR TON BIEN.
MAIS PERSONNE NE T'A RIEN DEMANDÉ.
JE LUI AI SEULE-MENT DONNÉ QUELQUES CONSEILS !

DIS, TAKIGAWA ?
EST-CE QUE T'ES HOMO ?
NE DIS PAS N'IMPORTE QUOI.
POURTANT, TES REGARDS EN DISENT LONG.
SATÔ, EN 1RE 2, OU TANAKA, EN 2DE 4... ILS TE PLAISENT, NON ?
C'EST RIDICULE.
ÇA VA, NE T'INQUIÈTE PAS, JE NE LE DIRAI À PERSONNE.
REGARDEZ, REGARDEZ, JE SUIS HOMO !
QU'EST-CE QUI LEUR PREND ?
HA HA HA HA
C'EST DEGUEU !
RASSURE-TOI, JE NE TE TRAHIRAI JAMAIS.
QUOI ?
SMAAAACK

J'AI FAIT CE SKETCH POUR TOI ...
POUR QUE PERSONNE NE LE PRENNE AU SÉRIEUX.
JE T'AI TOUJOURS SAUVÉ AVEC MES BLAGUES.
MAIS NOUS NE SOMMES PLUS DES ENFANTS ...
J'AURAIS MIEUX FAIT DE TE SAUTER DESSUS.
MAIS C'EST IMPOSSI-BLE.
JE N'AI JAMAIS ÉTÉ À TON GOÛT.
TOI ...
TU AIMES LES HOMMES SIMPLES, DOCILES, ET UN PEU MALADROITS.
EN GROS ...
COMME CE M. KOMORI.
IL ÉTAIT UN PEU PATAUD ...
ET TU L'AS TOUT DE SUITE PRIS POUR CIBLE.
ALORS, JE L'AI AVERTI.

EN TANT QUE PÈRE...
JE DOIS VEILLER SUR L'ENSEIGNANT DE MON FILS.
IL...
S'INQUIÉTAIT POUR MOI ?
IL N'AVAIT PAS PEUR QUE TAKIGAWA S'EN PRENNE AUX ENFANTS...
MAIS À MOI...
C'EST TELLEMENT...
QU'EST-CE QUE TU FAIS LÀ, KOMORI ?
...
TU T'ES PERDU ?
Avec toi, ça ne serait pas étonnant !
...
...
...

AH, M. TAKIGAWA EST LÀ AUSSI ?
Pourquoi tout le monde est là ?
AH ... JE SUIS VENU RAPPORTER LES PHOTOS QUE JE T'AI CONFISQUÉES.
JE NE SAIS VRAIMENT PAS COMMENT M'EXCUSER.
Voilà.
...
JE SUIS UN PROFESSEUR MALADROIT MAIS À PARTIR DE MAINTENANT, JE VAIS REDOUBLER D'EFFORTS.
ET... NE VOUS INQUIÉTEZ PAS ...
POUR M. TAKIGAWA ...
JE VAIS TRÈS BIEN.
ET ENCORE DÉSOLÉ !
KOMORI.
ATTENDS-MOI.

...
PAPA ...
J'AI ÉTÉ IDIOT.
J'AURAIS MIEUX FAIT D'EN PARLER CALMEMENT.
N'EMBÊTE PAS TROP KOMORI, D'ACCORD ?
JE NE L'AI PAS EMBÊTÉ ...
J'AI ENCORE PROVOQUÉ UN MALENTENDU STUPIDE.
KOMORI !
ATTENDS ...
...
HAA
J'AI HONTE ...

PARDONNE-MOI...
KOMORI.
JE T'AI CAUSÉ DES SOUCIS INUTILES.
MAIS POURQUOI ...

POURQUOI EST-CE QUE JE ...
ME SENS AUSSI SOULAGÉ ?
TU SAIS, QUAND J'ÉTAIS AU LYCÉE ...
JE N'ARRIVAIS PAS À ASSUMER MON HOMO-SEXUALITÉ ...
JE N'AI QUASIMENT PAS DE BONS SOUVENIRS DE CETTE ÉPOQUE.
ALORS, TAKIGAWA AUSSI EST PASSÉ PAR LÀ ?
ET J'EN SOUFFRAIS ÉNORMÉ-MENT.
IL M'EN VOULAIT BEAUCOUP POUR ÇA.
JE REFUSAIS DE RECON-NAÎTRE LA VÉRITÉ.
ET ÇA A ÉTÉ PAREIL PENDANT LA FAC. CE SONT DES SOUVENIRS AMERS ...
PAR CONTRE ...
UNE FOIS DIPLÔMÉ, J'AI PRIS DU BON TEMPS.

OUI, C'EST NORMAL, TU ES ADULTE MAINTENANT...
UNE OU DEUX AVENTURES PAR-CI, PAR-LÀ...
Hein ?
JE COMPRENDS.
MÊME SI ÇA ME GÊNE UN PEU.
JE SUIS CONTENT QUE TU SOIS AUSSI COMPRÉHENSIF.
MAIS JE SERAIS ENCORE PLUS HEUREUX SI TU ME DISAIS LES CHOSES FRANCHEMENT.
JE... N'AIME PAS VRAIMENT...
QUE TU AIES EU DES AVENTURES...
VOILÀ...

JE NE T'EN VEUX PAS D'ÊTRE AUSSI EXPÉRIMENTÉ, MAIS...
J'AI L'IMPRESSION D'ÊTRE LE SEUL QUE NOS ÉBATS TROUBLENT.
C'EST FRUSTRANT.
ET L'AUTRE FOIS AUSSI...
TAKIGAWA...
TU ÉTAIS MON PREMIER HOMME...
... VOILÀ UNE PHRASE PLUTÔT EXCITANTE.
MAIS, EUH... J'AI ÉTÉ AVEC PLUSIEURS FILLES !
UNE FOIS AU LYCÉE, UNE FOIS À LA FAC...
ET PUIS AUSSI CELLE DE L'ANNÉE DERNIÈRE.
UN, DEUX, TROIS...
...
C'EST BIEN NORMAL, MAIS...
ÇA ME REND TOUT DE MÊME JALOUX.
...
?
MMH ?
VRAIMENT ?
C'EST PAREIL POUR MOI.
PAREIL ?
QU'EST-CE QUE JE...
MOI ? DE LA JALOUSIE ?
KOMORI...

PARDON !
MAIS… J'AI CRU QUE MON CŒUR ALLAIT S'ARRÊTER !
KOMORI …
JE VIENS DE DIRE N'IMPORTE QUOI !
HÉ …
AT- TEN…
POUR MOI AUSSI, C'EST UNE GRANDE PREMIÈRE.
TU NE ME …
CROIRAS PEUT-ÊTRE PAS, MAIS …
TU ES LE PREMIER HOMME …
POUR LEQUEL J'ÉPROUVE DES SENTIMENTS AUSSI FORTS …

AAAH ...
C'EST GÊNANT.
QUE DOIS-JE FAIRE ?
AU FOND... JE SUIS TELLEMENT HEUREUX ...
KOMORI.
TA... TAKIGAWA.
JE NE ... SAIS PAS VRAIMENT COMMENT FONT LES COUPLES QUI SE RETROUVENT DANS CE GENRE D'ENDROIT ...
MMH... C'EST VRAI ...
MOI NON PLUS, JE NE L'AI JAMAIS FAIT ...
ÇA M'EXCITE BEAUCOUP.
ATTENDS, ARRÊTE.

KOMORI ...
TU ES ADORABLE ...
NON, JE NE SUIS PAS ADORABLE DU TOUT !
NON.
JE N'ARRÊTERAI PAS.
MAIS ...
AH ...
ZWIP
NON ! NE...
JE SUIS LE PREMIER HOMME ...
À TE FAIRE ÇA ?
SLICK
É... ÉVIDEMMENT ...

COM-MENT ...
COMMENT ARRIVE-T-IL À FAIRE CE GENRE DE CHOSES ...
TAKIGAWA, NON !
HAA
HAA
ARRÊTE, C'EST TROP AGRÉABLE ...
AUSSI BIEN ?
C'EST BON, TU PEUX JOUIR SI TU VEUX.
SHH...
CE N'EST PAS ÇA ...
C'EST FRUSTRANT !
TU LE FAIS SI BIEN ...
ET MOI JE SUIS INCAPABLE DE TE RENDRE LA PAREILLE ...
HAA
...
TU AS ENVIE DE ME LE FAIRE ?

NON, JE…
BON … POUR AU-JOURD'HUI, RETIENS BIEN …
TOUT CE QUE TU RESSENS …
JE NE SUIS PAS TOUJOURS …
À LA HAUTEUR DE TAKIGAWA.
CETTE FOIS-CI NON PLUS, JE N'AI PAS PU L'ÊTRE.
C'EST PLUTÔT FRUSTRANT, MAIS …
J'AI TOUT OUBLIÉ …
De quoi tu par-les ?
TU VEUX RÉVISER ENCORE UNE FOIS ?
NON.
TU AS MÉMORISÉ ?
ALORS ON FERA UNE INTERRO SURPRISE, UN DE CES JOURS.
ARRÊTE !

QU'EST-CE QU'ON A FAIT ?
UNE GROSSE BÊTISE, JE SUPPOSE...
HÉ ! KOMORI.
MON PAPA TE PASSE LE BONJOUR.
MMH ?
IL A DIT QUE TU DEVAIS FAIRE DE TON MIEUX ET QU'IL T'AIDERAIT SI QUELQUE CHOSE ARRIVAIT.
C'est sympa, hein ?
AH... EUH...
MA MAMAN T'ENCOURAGE AUSSI.
Merci.
LA MIENNE AUSSI.
ELLE M'A DIT QUE TU DEVAIS PERSÉVÉRER.
ELLE A DIT QU'ELLE REVIENDRAIT.
QUE JE DEVAIS FAIRE ATTENTION À TOI.
Globalement elle a bien aimé...
La visite de la classe.
JE VAIS COMMENCER PAR...
Merci beaucoup...
FAIRE DE MON MIEUX.

Lovely Teachers!
4e heure

M'SIEUR KO-MORI ! ♡
ON VEUT JOUER ! ♡
HEIN ?
JOUEZ AUX CARTES AVEC NOUS !
QU'EST-CE QU'IL VOUS PREND, TOUT À COUP ?
VENEZ JOUER AU FOOT !
POURQUOI ÊTES-VOUS TOUS AUSSI GENTILS ?
SALLE DES PROFESSEURS
MMH ...
ON VEUT JOUER AVEC VOUS ! ♡
M'SIEUR, JE T'AIME ! ♡
MAIS QU'EST-CE QUE VOUS AVEZ ?!
VOUS AVEZ MANGÉ UN TRUC PÉRIMÉ ?
TAKIGAWA ?
ÇA VA ?!

* AU JAPON, LA DATE DE RENTRÉE DES CLASSES EST LE 1ER AVRIL, NDE.

JE...
NE PEUX PAS M'EMPÊCHER DE TE DÉSIRER ALORS QUE NOUS SOMMES À L'ÉCOLE ...
JE DOIS ÊTRE UN MAUVAIS PROFESSEUR.
MON CŒUR BAT À TOUT ROMPRE QUAND IL ME DIT CE GENRE DE CHOSES...
JE NE VAUX PAS MIEUX.
...
MOI AUSSI ...
MONSIEUR KOMORI ! ♡
JE VEUX MANGER À CÔTÉ DE VOUS !
MOI AUSSI ! ♡
...
EN CE MOMENT, JE NE SUIS BON À RIEN ...
JE NE PENSE QU'À LUI TOUT LE TEMPS.
...
MONSIEUR, PRENEZ MON DESSERT AUSSI !
Parce que je vous aime beaucoup !
...
Une banane...
BON, POUR AUJOURD'HUI RETIENS BIEN ...
TOUT CE QUE TU RESSENS ...
ON FERA UNE INTERRO SURPRISE UN DE CES JOURS.

...
ALLEZ-Y !
Qu'est-ce qu'il a ?
?
UNE INTERRO SURPRISE...
QUAND EN SERAI-JE CAPABLE, MOI AUSSI ?
Ah ! Il la mange !
Il la mange !
...
HI HI
QU'EST-CE QUE J'AI ?!
HAA HAA
JE SUIS VRAIMENT IRRÉCUPÉRABLE !
PENSER À ÇA DEVANT LES ENFANTS !!
BAM BAM BAM
ÉVALUER MES ÉLÈVES DANS UN TEL ÉTAT D'ESPRIT...
C'EST IMPOSSIBLE !
KOMORI.
TU RENTRES CHEZ TOI ?
ON FAIT LE CHEMIN ENSEMBLE ?
...

ET SI ON ALLAIT AU RESTAURANT, UN DE CES QUATRE ?
C'est moi qui invite !
ÇA ME POSE VRAIMENT UN PROBLÈME.
ÇA NE PEUT PAS DURER.
JE SUIS DÉSOLÉ ...
POURRAIT-ON...
ARRÊTER DE SE VOIR PENDANT UN MOMENT ?
CES DERNIERS TEMPS, JE NE PENSE QU'À CE QU'IL NOUS ARRIVE ...
ET JE NE PARVIENS PLUS À ME CONCENTRER SUR MES ÉLÈVES ...
J'AIMERAIS QUE L'ON ARRÊTE DE SE PARLER ...
AU MOINS JUSQU'À LA FIN DES ÉVALUATIONS ...
JE VOIS ...
PARDON, C'EST PEUT-ÊTRE IMPOLI DE MA PART ?!
NON, JE COMPRENDS TRÈS BIEN.
CELA FAIT PARTIE ...
DE CE QUE J'AIME CHEZ TOI.

TAKIGAWA ...
ALORS SOUHAITONS-NOUS "BON COURAGE."
ET À BIENTÔT !
A... ATTENDS UN INSTANT.
EUH ... EN REVANCHE, ÇA VA PEUT-ÊTRE TE PARAÎTRE ÉTRANGE, MAIS ...
EST-CE QU'ON PEUT ... LA PASSER AUJOURD'HUI ?
HEIN ?
...
L'INTERRO SURPRISE ...

TOUT DE SUITE…
C'EST TOUJOURS LUI QUI S'EST OCCUPÉ DE MOI.
JE ME SENS REDEVABLE.
S'IL ME LAISSE LE FAIRE…
ON SERA QUITTE.
KOMORI…
TU ES SÉRIEUX ?
JE SUIS UN HOMME DE PAROLE.
MAIS, L'ENDROIT N'EST PAS…
L'AUTRE JOUR, C'EST ICI QU'ON L'A FAIT.
JE VEUX TE RENDRE EXACTEMENT LA PAREILLE.

ÇA VA ALLER.
ZIP
JE ME SOUVIENS PARFAITEMENT...
DES GESTES DE TAKIGAWA...
SMAC
...
SMAC
MMH...
SLICK
SLICK
JE PEUX LE FAIRE.
JE DOIS LE FAIRE.

HAA
JE PENSAIS...
HAA
...
QUE J'EN ÉTAIS CAPABLE...
PARDON...
JUSTE... JUSTE UN INSTANT...
KOMORI... ÇA SUFFIT.
ÇA VA ALLER.
TU AS FAIT DE TON MIEUX.
PARDONNE-MOI.

JE SUIS VRAIMENT NUL ...
JE NE PENSAIS PAS FAIRE DE PROUES-SES...
MAIS AU MOINS LE SATISFAIRE UN TOUT PETIT PEU ...
JE N'AI PAS PU ...
LUI RENDRE LA PAREILLE.
AH.
BONJOUR !
JE SUIS DÉSOLÉ POUR HIER ...
JE...
J'AIMERAIS QUE L'ON ARRÊTE DE SE PARLER.
J'AVAIS OUBLIÉ.
C'EST MOI QUI LUI AI DEMANDÉ ÇA.
M'SIEUR KOMORI ! BONJOUUUR ! ♡

BONJOUR, M'SIEUR !
...
JE VEUX RENTRER DANS LA CLASSE AVEC VOUS ! ♡
BLA
Moi aussi ! ♡
SALLE DES PROFESSEURS
PARDONNEZ-MOI...
JE NE MÉRITE PAS VOTRE GENTILLESSE ...
J'AI ENCORE PLUS DE MAL À ME CONCENTRER ...
MONSIEUR KOMORI, REMETTEZ-MOI VOS BULLETINS LE PLUS VITE POSSIBLE.
LE DIRECTEUR VA LES SIGNER.
OUI ! VEUILLEZ M'EXCUSER POUR LE RETARD !
KOMORI ... EST-CE QUE JE PEUX DIRE UNE CHOSE ?
QUOI ?
QUELLE QUE SOIT TA SITUATION, TON TRAVAIL ...
DOIT PASSER EN PRIORITÉ !
...
TU AS RAISON ...

JE SUIS VRAIMENT IDIOT.
SI TAKIGAWA N'ÉTAIT PAS LÀ ...
JE NE POURRAIS MÊME PAS FAIRE MON TRAVAIL CORRECTEMENT.
TAKIGAWA.
JE SUIS DÉSOLÉ POUR TOUS LES SOUCIS QUE JE T'AI CAUSÉS.
QUOI QU'IL EN SOIT, J'AI TOUT TERMINÉ.
JE VOIS.
C'EST BIEN.
JE...
EST-CE QUE TU ES LIBRE APRÈS L'ÉCOLE ?
ON POURRAIT ALLER MANGER QUELQUE PART.
JE T'INVITE.
POUR M'EXCUSER ...
NON, CE N'EST PAS LA PEINE.
HEIN ?
DISONS QUE ...
ÇA SUFFIT.

EN FAIT, J'AI CHANGÉ D'AVIS...
ÇA NE ME CONVIENT PLUS.
QU'EST-CE QUE... TU VEUX DIRE ?
VRAIMENT ?
TU NE DEVINES PAS ?
DEPUIS CE QU'IL S'EST PASSÉ LA DERNIÈRE FOIS...
JE CROIS QUE, PHYSIQUEMENT, NOUS N'AVONS AUCUNE AFFINITÉ.
QUOI ?
HEIN ?
C'EST UNE CHOSE IMPORTANTE POUR MOI.
TU ES TROP BANAL...
JE PRÉFÈRE QUE L'ON SE SÉPARE...
JE PENSAIS PRENDRE DU PLAISIR AVEC TOI...
MAIS EN FAIT, TU N'ES PAS MON GENRE...

QUE...
JE SUIS DÉSOLÉ DE T'AVOIR DRAGUÉ.
MAIS JE M'INVESTIS DIFFICILEMENT ...
UNE FOIS QUE J'AI ÉTÉ REFROIDI, C'EST FICHU ...
ALORS ...
C'EST FINI ?
EXACTEMENT.
C'EST PEUT-ÊTRE ...
MIEUX COMME ÇA ...
FINALEMENT ...
C'EST UN POIDS EN MOINS SUR LES ÉPAULES.
JE CROIS QUE JE VIENS DE ME RÉVEILLER.

TANT MIEUX ...
ÇA ALLAIT UN PEU TROP VITE POUR MOI ...
JE N'AURAIS JAMAIS PU LE COMPRENDRE, DE TOUTE FAÇON ...
IL A PRESQUE RÉUSSI À M'AVOIR.
JE NE SUIS PAS DÉPRIMÉ ...
JE NE RESSENS PAS DE TRISTESSE ...

MAINTENANT, JE VAIS POUVOIR REGARDER MES ÉLÈVES EN FACE.
IL VAUT MIEUX ...
VOIR CELA COMME UNE ÉPREUVE DE LA VIE.
JAPONAIS
IL FAUT QUE JE...
TIRE PROFIT DE CETTE EXPÉRIENCE ...
HEY !
QU'EST-CE QUE VOUS AVEZ TOUS ?
L'ÉCOLE EST FINIE !
VOUS N'AVEZ PAS ENVIE DE RENTRER CHEZ VOUS ?
PFFF !
NAN ! ON VEUT CONTINUER À JOUER !
VIENS JOUER AVEC NOUS ! ♡
ON FAIT UNE BATAILLE !
QU'EST-CE QU'IL VOUS ARRIVE ?
VIENS JOUER ! ♡

ILS CONTINUENT À ME FLATTER ?
POURTANT, J'AI DÉJÀ RÉDIGÉ LES BULLETINS SCOLAIRES.
JE VEUX PAS ...
J'AI PAS ENVIE DE RENTRER ...
JE VEUX JOUER AVEC TOI ...
IL FAUT VRAIMENT QUE VOUS RENTRIEZ CHEZ VOUS.
VOS PARENTS VONT S'INQUIÉTER.
...
OUIIIIIN
SNIF SNIF
HEIN ?!
OH ! KOMORI A FAIT PLEURER LES FILLES !
Trop méchant !!
HEIN ? QUOI ?!
M'SIEUR, QU'EST-CE QUE VOUS LEUR AVEZ DIT ?
OUIIIIN
C'EST JUSTE QUE C'EST FINI MAINTENANT ...
OUI, L'ANNÉE EST TERMINÉE !
LE MOIS PROCHAIN, ON SERA EN CE2.
J'AI PAS ENVIE DE QUITTER M. KOMORI ...
C'EST TELLEMENT ...

MES PETITS ÉLÈVES ...
ALORS VOUS NE FAISIEZ PAS CELA POUR AVOIR DE BONNES NOTES ?
VOUS ÉTIEZ VRAIMENT SINCÈRES ?
JE...
VOUS ÉTIEZ TRISTES ?
IL FALLAIT LE DIRE PLUS TÔT.
JE SUIS DÉSOLÉ, JE N'AVAIS PAS DU TOUT COMPRIS !
COMME D'HABITUDE !
PARDON-NEZ-MOI.
JE SUIS VRAIMENT DÉSOLÉ.
VOTRE INSTITUTEUR EST UN IDIOT ...

C'EST VRAI...
JE SUIS UN IDIOT...
UN IDIOT, TOUT SIMPLEMENT...
JE N'AI MÊME PAS SU COMPRENDRE LES SENTIMENTS DE MES ÉLÈVES...
MAIS ALORS...
EST-CE QUE...
TAKIGAWA !
JE PEUX...
TE POSER UNE QUESTION ?
EST-CE QUE...
TU M'AS MENTI ?

C'ÉTAIT ...
UN MENSONGE, N'EST-CE PAS ?
IL VOULAIT CERTAINEMENT ME SOULAGER ...
C'EST UN HOMME GENTIL ...
TU AS COMPRIS ...
PLUTÔT RAPIDEMENT ...
ÇA NE POUVAIT PAS ÊTRE VRAI.
OUI.
JE ME DISAIS BIEN QUE C'ÉTAIT ÉTRANGE ...
TU ÉTAIS TELLEMENT CRUEL ...
C'ÉTAIT ...
POUR QUE JE TE DÉTESTE, N'EST-CE PAS ?
OUI, MAIS ...
JE PENSE VRAIMENT QU'IL VAUT MIEUX NE PLUS NOUS VOIR.

JE...
JE T'AIME TOUJOURS PASSIONNÉMENT.
MAIS J'AI L'IMPRESSION ...
D'ABUSER DE TOI.
TU FAIS TOUT CE QUE TU PEUX ...
POUR PARVENIR À ME COMPRENDRE ...
J'ÉPROUVE DE LA PITIÉ ... À TE VOIR FOURNIR TOUS CES EFFORTS SANS RÉSULTAT ...
J'EN AVAIS VRAIMENT ENVIE ...
TE VOIR SI VULNÉRABLE ÉTAIT INSUPPORTABLE ...
IL SUFFIT DE T'AIMER SINCÈREMENT ...
POUR QUE TU SOIS PRÊT À TOUS LES SACRIFICES.
JE L'AI TOUT DE SUITE SU.

C'EST FAUX...
CE N'EST PAS CE QU'IL DEVRAIT PENSER DE MOI...
TAKI-GAWA...
JE SAIS QUE JE SUIS UN CAS DÉSESPÉRÉ...
MAIS JE NE SUIS PAS BÊTE À CE POINT.
C'EST UNIQUEMENT POUR LES ÉLÈVES QUE JE ME FAISAIS DU SOUCI.
MAIS SI JE DÉTESTAIS VRAIMENT CELA...
JE DÉMISSION-NERAIS.
ET SI J'ÉTAIS TRACASSÉ, C'EST PARCE QUE MES SENTIMENTS SONT SINCÈRES.
S'ILS NE L'ÉTAIENT PAS, JE NE CHERCHERAIS PAS À TE COMPRENDRE.
S'ILS NE L'ÉTAIENT PAS, JE N'AURAIS PAS ENVIE DE TE FAIRE "ÇA".

JE N'ARRIVE PAS À BRISER ...
CE SENTIMENT DE CULPABILITÉ ENVERS MES ÉLÈVES.
MAIS AU MOINS ...
JE VEUX ÊTRE UN ENSEIGNANT HONNÊTE.
JE...
JE T'AIME ...

HAA
...
ALORS ... ACCEPTES-TU...
KOMORI ...
DE ME LAISSER ... ENCORE UNE CHANCE ?
KOMORI ...
ARRÊTE ...
N'EN DIS PAS DAVANTAGE, JE T'EN PRIE.
SI TU CONTINUES ...
JE VAIS TE SAUTER DESSUS TOUT DE SUITE ...

TU VEUX ...
VENIR CHEZ MOI ?
BIEN SÛR ...
QUE J'EN AI ENVIE.
PARCE QUE ...
JE T'AIME VRAIMENT ...
MMH.
MMH.
MMH ...

KOMORI.
TAKIGAWA …
C'EST VRAIMENT MIEUX …
LA DERNIÈRE FOIS …
C'ÉTAIT COMPLÈTEMENT DIFFÉRENT.
SNIF
CETTE FOIS …
JE SUIS TRÈS HEUREUX QUE TU M'AIES DÉCLARÉ …
TON AMOUR …
DODOM
JE SUIS DÉSOLÉ …
D'AVOIR ATTENDU SI LONGTEMPS …
NON, CE N'EST PAS …
C'EST …
LA PREMIÈRE FOIS QUE JE RESSENS À CE POINT …
LA CHALEUR DE TAKIGAWA …
JE SUIS QUAND MÊME …
UN PEU NERVEUX.
HAA
HAA
TAP

TA... TAKIGAWA ?
JE DOIS ALLER FAIRE UNE PETITE COURSE.
HEIN ?
JE VAIS CHERCHER ...
DES PRÉSERVATIFS.
!!
JE SUIS DÉSOLÉ DE CASSER UN PEU L'AMBIANCE ...
MAIS JE PRENDS LES CHOSES AU SÉRIEUX.
CAR JE SUIS ...
UN ENSEIGNANT.

LAISSE LE VERROU DE LA PORTE ...
OUVERT.
FINALEMENT, JE VAIS ...
FRANCHIR CETTE LIGNE ...
...
ALORS, MOI AUSSI, JE SUIS ...
CLAC..

TE...
TE VOILÀ ...
ぽた PLOC
ぽた PLOC
JE SUIS DÉSOLÉ, J'AI PRIS UNE DOUCHE SANS TE DEMANDER L'AUTO-RISATION.
HUMPF
J'AI PENSÉ QU'IL FALLAIT QUE JE PRENNE TOUT ÇA AU SÉRIEUX, MOI AUSSI ...
...
QU'EST-CE QU'IL Y A ?
IL N'Y AVAIT PLUS DE PRÉ-SERVATIFS ?
SI ...
J'EN AI ACHETÉ.
EN FAIT ...
JE M'ÉTAIS PARIÉ QUE ...
TU CHANGE-RAIS D'AVIS ...
ET QUE TU REN-TRERAIS CHEZ TOI ...

EN RÉALITÉ, JE VOULAIS TE LAISSER LE TEMPS DE RÉFLÉCHIR UN PEU ...
TU N'AVAIS PAS COMPRIS ?
...
JE NE POUVAIS PAS DEVINER.
Je ne suis pas très malin.
ALORS, TU TE SENS VRAIMENT PRÊT ?
JE RENTRE CHEZ MOI !
NON, ATTENDS, NE RENTRE PAS.
JE RENTRE !
JE TE L'INTERDIS.
JE NE PEUX PLUS TE LAISSER PARTIR.

JE T'AIME, KOMORI …
IL EST VRAIMENT SÉRIEUX.
IL FAIT VRAIMENT, TERRIBLEMENT ET SINCÈREMENT …
ATTENTION À CE QUE JE RESSENS …
PLUS QU'À SES PROPRES SENTIMENTS …
KOMORI.
HAA
ÇA VA ALLER.
FLOP
GNN …
HAA
DÉTENDS-TOI.
MA DÉCISION EST PRISE.
GNN
…

OUI, C'EST CE QUE JE VEUX.
IL FAUT QUE ...
HAA
JE ...
JE SUIS DÉSOLÉ ...
NE T'EXCUSE PAS.
JE SUIS UN GROS NUL ...
SMACK
CE N'EST PAS DE TA FAUTE.
CE N'EST PAS FACILE, LA PREMIÈRE FOIS.
ET MALGRÉ ÇA...
JE SUIS TOUT DE MÊME TRÈS EXCITÉ ...
JE SUIS DÉSOLÉ DE TE DÉCEVOIR ...
SMACK
QU'EST-CE QUE TU RACONTES ?
ÇA DÉPASSE TOUTES MES ATTENTES.
LÀ ...
TU NE SENS PAS ...
À QUEL POINT JE SUIS EXCITÉ, RIEN QUE D'ÊTRE CONTRE TOI ?
AH ...

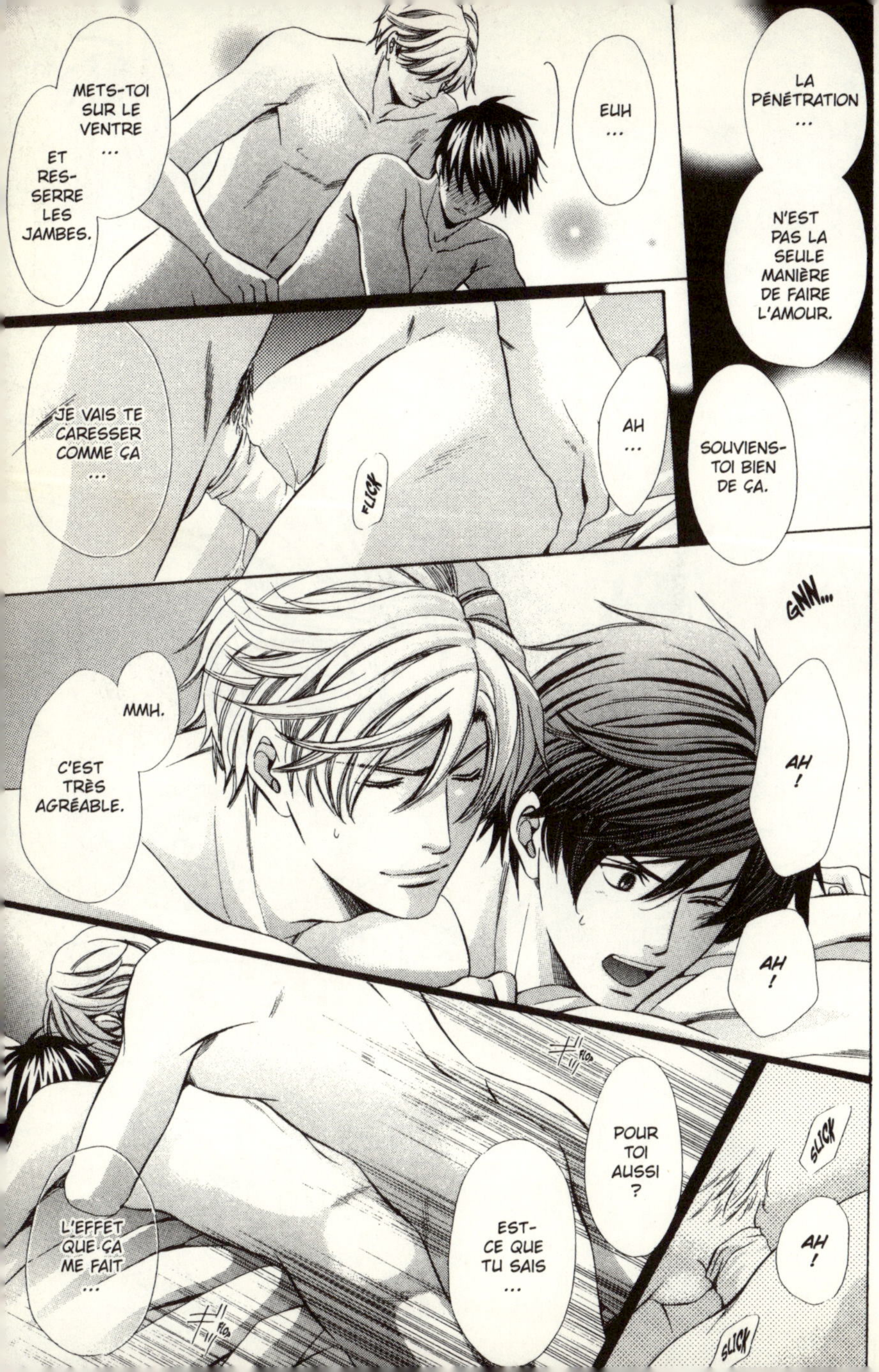
LA PÉNÉTRATION…
N'EST PAS LA SEULE MANIÈRE DE FAIRE L'AMOUR.
EUH…
METS-TOI SUR LE VENTRE…
ET RES-SERRE LES JAMBES.
SOUVIENS-TOI BIEN DE ÇA.
AH…
FLICK
JE VAIS TE CARESSER COMME ÇA…
GNN…
AH !
AH !
MMH.
C'EST TRÈS AGRÉABLE.
SLICK
AH !
SLICK
FLOP
POUR TOI AUSSI ?
EST-CE QUE TU SAIS…
L'EFFET QUE ÇA ME FAIT…
FLOP

FLOP
AH !
HAA ...
FLOP
KOMORI ...
IL N'Y A RIEN DE PLUS AGRÉABLE ...
QUE DE TE TENIR DANS MES BRAS.
AH ...
MOI ...
AUSSI.

MOI AUSSI, JE SUIS HEUREUX ...
D'AVOIR ENTENDU CES MOTS ...
PAR CONTRE ...
SKIN
JE SUIS VRAIMENT DÉÇU DE N'AVOIR PAS RÉUSSI À LE FAIRE COMPLÈTEMENT.
J'en ai gâché un.
ENCORE UNE CHOSE QUE JE DOIS APPRENDRE ...
KOMORI ...
EST-CE QUE TU POURRAIS AVOIR L'AIR UN PEU PLUS HEUREUX ?
ON NE FAIT PAS PASSER LE BACCALAURÉAT ...
À UN ÉLÈVE QUI VIENT D'APPRENDRE L'ALPHABET.
C'EST UN MAUVAIS EXEMPLE.
TU ES TOUJOURS AUSSI ...
ADORABLE, COMME UN PETIT ÉCOLIER.

AVOIR UN ÉLÈVE ADORABLE ...
QUI DIT TOUS LES JOURS À SON PROFESSEUR QU'IL L'AIME ...
SUFFIT À LE RENDRE TRÈS HEUREUX.
JE TE METS UN 20/20.
MAUVAISE COMPARAI-SON.
MAIS IL A PEUT-ÊTRE RAISON.
À PRÉSENT ...
NOTRE RELATION COMMENCE ENFIN ...

C'EST LE DERNIER JOUR DU TRIMESTRE.
LE MOIS PROCHAIN, ILS SERONT TOUS EN CE2.
PEUT-ÊTRE QUE JE POURRAI AUSSI PASSER AU NIVEAU SUPÉRIEUR.
AH ...
C'EST TROP DUR ...
JE NE PEUX PAS ME PRÉSENTER DEVANT LES ENFANTS.
ET LEUR REMETTRE LEURS BULLETINS MAINTENANT.
TOUT VA BIEN SE PAS-SER.
TU PORTES LA MÊME CHEMISE QU'HIER.
MAIS JE PENSE QU'ILS NE S'EN RENDRONT PAS COMPTE.
NON ...
C'EST PAS VRAIMENT UN PROBLÈME DE NE PAS ÊTRE RENTRÉ CHEZ MOI ...
AU REVOIR CLASSE CE1-A
MERCI M'SIEUR KOMORI
J'AI COM-PLÈTEMENT ...
OUBLIÉ DE LEUR DIRE ...

QUE DANS UN MOIS ...
LES ÉLÈVES DE LA CE1-B ...
SERONT DE NOUVEAU À MA CHARGE... EN CE2-B !
DANS LA MÊME SALLE DE CLASSE ...
BONJOUR ...
TOUT LE MONDE.
AVANT DE VOUS DISTRIBUER LES BULLETINS ...
J'AI QUELQUE CHOSE D'IMPORTANT À VOUS DIRE ...
L'ANNÉE PROCHAINE, JE CONTINUERAI À M'AMÉLIORER.
Lovely Teachers ! - Fin

MATHÉMATIQUES
II B
The teacher's Confession

TRÈS BIEN, Y A-T-IL DES QUESTIONS ...
CONCERNANT CE POINT ?
OUIII, MONSIEUR !
MEIHOKU
LYCÉE ME
EST-CE QUE VOUS ÊTES CÉLIBATAIRE ?
C'EST QUOI VOTRE GENRE DE FEMME ?
EST-CE QUE SORTIR AVEC UNE LYCÉENNE VOUS FAIT PEUR ?
BON, PASSONS À LA PAGE SUIVANTE.
S'il vous plaît, monsieur !
Dites-le-nous !
JE SUIS PROFESSEUR EN CLASSE DE PRÉPARATION AUX EXAMENS DE FIN D'ANNÉE.
VOUS FERIEZ MIEUX DE VOUS INTÉRESSER ...
AU PROGRAMME DES EXAMENS PLUTÔT QU'À CE QUI ME FAIT PEUR.
ET JE DÉTESTE ...
LES JEUNES LYCÉENNES.

JE ME DEMANDE POURQUOI CES JEUNES FILLES SONT VENUES DANS CE LYCÉE.
Monsieur ! ♡
Regardez ! ♡
AU LIEU D'ÉTUDIER, ELLES ONT LA TÊTE REMPLIE DE ROMANCES…
REGARDEZ VOS MANUELS AU LIEU DE ME REGARDER MOI.
ET RANGEZ VOS JAMBES SOUS LES TABLES.
SI VOS NOTES BAISSENT…
MES RÉSULTATS CHUTERONT AUSSI.
MONSIEUR KUNIHARA…
VOULEZ-VOUS SORTIR AVEC MOI ?
J'AI PRESQUE 30 ANS.
SI TU VAS DANS UNE BONNE UNIVERSITÉ…
TU Y TROUVERAS UN GARÇON QUI TE CONVIENDRA MIEUX.
JE NE ME FAIS PAS DE SOUCI POUR TOI.
ALORS, SOIS SÉRIEUSE DANS TES ÉTUDES.
Sniiif… Monsiiieur…
JOUR APRÈS JOUR, JE DOIS CALMER LES ARDEURS DE MES ÉLÈVES…
AFIN QU'ELLES SE REMETTENT AU TRAVAIL.
PFFF
J'AIMERAIS VRAIMENT ÊTRE MUTÉ DANS UNE ÉCOLE DE PLUS HAUT NIVEAU…

AH ...
QUE FAIS-TU ICI, RYÔTA ?
EXCUSEZ-MOI ...
JE N'ÉTAIS PAS EN TRAIN DE VOUS ESPIONNER, JE...
IL N'Y AVAIT RIEN À ESPIONNER, DE TOUTE FAÇON.
Allez, rentre vite chez toi.
VOUS AVEZ ÉTÉ VRAIMENT TRÈS FERME !
JE COMPRENDS QUE VOUS SOYEZ AUSSI POPULAIRE, MONSIEUR ...
AH ! CE N'EST PAS CE QUE JE VOULAIS DIRE !
JE VOUS ADMIRE EN TANT QU'HOMME ...
BON, AU REVOIR !
PFF

RYÔTA KAKEI, 17 ANS, EN PREMIÈRE.
EN CE MOMENT, J'AI BEAUCOUP DE DIFFICULTÉS ...
AVEC CE GARÇON.
C'EST UN ÉLÈVE BANAL ET DISCRET.
DU FOND DE LA CLASSE, JE LE VOIS ROUGIR COMME LES JEUNES LYCÉENNES.
CE SONT DES RÉACTIONS TRÈS COURANTES CHEZ LES FILLES ...
MAIS COMME C'EST UN GARÇON, JE NE SUIS PAS VRAIMENT SÛR ...
LORSQUE NOS REGARDS SE CROISENT, IL BAISSE LES YEUX SUR SON CAHIER.
...
LORSQUE JE LUI ADRESSE LA PAROLE, IL DEVIENT NERVEUX.
...
EST-CE QU'IL SERAIT TOMBÉ AMOUREUX DE MOI ?
EST-CE QUE TU COM-PRENDS ?
HEIN ?!

EUH... OUI ...
Ah... Où est-ce que j'en étais ?
IL EST VRAIMENT DUR À CERNER.
LYCÉE
À PROPOS DE L'ÉLÈVE KAKEI, EN PREMIÈRE ...
SES RÉSULTATS ONT FORTEMENT BAISSÉ.
LYCÉE MEIHOKU
VOUS ÊTES SON PROFESSEUR PRINCIPAL, N'EST-CE PAS ?
QUE SE PASSE-T-IL ?
JE SUIS VRAIMENT DÉSOLÉ ...
NON, JE SAIS BIEN QUE VOUS FAITES DE VOTRE MIEUX.
...
IL VA FALLOIR QUE JE DISCUTE AVEC LUI AFIN DE TIRER CELA AU CLAIR.
RYÔTA ...
TU VIENDRAS ME VOIR À LA FIN DU COURS.
JE VAIS L'AMENER À M'AVOUER SES SENTIMENTS.
ET SI JE NE ME SUIS PAS TROMPÉ, JE RÉFLÉCHIRAI À UNE SOLUTION.
ÇA A BEAU ÊTRE UN GARÇON, IL EST COMME TOUS LES AUTRES ÉLÈVES.
C'EST ENCORE UN ADO.
COMMENT POURRAIS-JE LE RASSURER ?

CES DERNIERS TEMPS, TU AS L'AIR NERVEUX…
QU'EST-CE QU'IL T'ARRIVE ?
JE SAIS QUE MES NOTES ONT BAISSÉ…
JE VAIS ÊTRE PLUS SÉRIEUX DANS MON TRAVAIL POUR QU'ELLES S'AMÉLIORENT…
MAIS EST-CE QUE TU AS UN SOUCI PARTICULIER ?
MÊME SI C'EST QUELQUE CHOSE DE DIFFICILE À DIRE, TU TE SENTIRAS SOULAGÉ DE T'ÊTRE CONFIÉ.
ALLEZ, SOIS HONNÊTE.
C'EST L'OCCASION DE METTRE UN TERME À CE TROUBLE.
ET DE TE RECENTRER SUR TES ÉTUDES.
IL N'Y A PAS…
QUELQUE CHOSE QUE TU AS ENVIE DE ME DIRE ?

NON.
DE TOUTE FAÇON, ÇA NE CHANGERAIT RIEN.
IL N'Y A RIEN QUE L'ON PUISSE FAIRE À CELA.
JE VOIS, MAIS...
JE SUIS PRÊT À ÉCOUTER TON PROBLÈME.
JE SUIS CAPABLE DE COMPRENDRE BEAUCOUP DE CHOSES...
VOUS VOUS INQUIÉTEZ BEAUCOUP POUR MES ÉTUDES.
ET JE NE VEUX PAS VOUS CAUSER DAVANTAGE DE SOUCI.
JE NE PEUX PAS RÉPONDRE À VOS QUESTIONS...
MAIS JE VAIS TOUT FAIRE POUR AMÉLIORER MES RÉSULTATS.
ALORS NE VOUS EN FAITES PAS.
IL A BEAU DIRE CELA...
EN TOUS CAS...
MERCI BEAUCOUP, MONSIEUR.

JE VOUS SUIS TRÈS RECONNAISSANT POUR VOTRE ATTENTION.
VOUS ÊTES VRAIMENT UN BON PROFESSEUR ...
MONSIEUR KUNIHARA.
EUH ...
SI VOUS VOULEZ, ON PEUT FAIRE LE TRAJET JUSQU'À LA GARE ENSEMBLE.
NON.
J'AI ENCORE DU TRAVAIL.
D'ACCORD.
ALORS BONNE SOIRÉE.
...
JE VOULAIS LE SOULAGER ...
MAIS J'AI COMPLÈTEMENT ÉCHOUÉ !

JE CROYAIS QUE SES SENTIMENTS POUR MOI AVAIENT DISPARU …
ET VOILÀ QU'IL A L'AIR PLUS ATTACHÉ QUE JAMAIS.
SES CHANGEMENTS DE COMPORTEMENT ME PERTURBENT …
MONSIEUR …
J'AI UNE PETITE QUESTION À PROPOS DE CET EXERCICE.
TU NE COMPRENDS PAS NON PLUS CE SUJET ?
EXCUSEZ-MOI.
JE VAIS Y RÉFLÉCHIR ENCORE UN PEU.
IL FAUT QUE J'ESSAYE DE METTRE LES POINTS SUR LES I.
SI JE SUIS TRÈS FROID AVEC LUI, CELA DEVRAIT LUI OUVRIR LES YEUX.
MAIS NON.
AH, D'ACCORD.
UTILISE CETTE FORMULE.
AH, VOILÀ !
MERCI BEAUCOUP !

Enfin !
Ah.
IL N'EST PAS DIFFICILE À COMPRENDRE.
IL EST ENCORE JEUNE, APRÈS TOUT.
EN TOUT CAS BIEN TROP JEUNE POUR ÉTABLIR UN JEU DE SÉDUCTION.
C'EST MOI QUI L'EMPORTE, AUJOURD'HUI.
...
CE N'EST PAS VRAIMENT UN MATCH, MAIS ...
C'EST ...
UN PEU VEXANT QU'IL CHERCHE À ME DISSIMULER ...
SES SENTIMENTS DE CETTE MANIÈRE.
MONSIEUR, REGARDEZ !
JE SUIS REMONTÉ DANS LE CLASSEMENT À L'EXAMEN.
OUI, C'EST TRÈS BIEN !
LYCÉE MEIHO
TU AS BIEN TRAVAILLÉ.
C'EST GRÂCE À VOUS, MONSIEUR.
JE VOULAIS VRAIMENT QUE VOUS SOYEZ FIER DE MOI.
ALORS J'AI FAIT BEAUCOUP D'EFFORTS.

ZUT
SON COMPORTEMENT N'A PAS CHANGÉ.
IL NE CROIT TOUT DE MÊME PAS QUE JE NE ME SUIS RENDU COMPTE DE RIEN ...
IL ME SOUS-ESTIME ...
IL VA LE REGRETTER.
MON-SIEUR ?
IL EST L'HEURE DE RENTRER CHEZ TOI.
OU TU VEUX RESTER POUR DISCUTER ENCORE UN PEU ?

ENCORE UNE FOIS ...
JE VAIS LUI DONNER UNE CHANCE DE M'AVOUER SES SENTIMENTS.
ALLEZ, DIS-LE !
PRENDS TON COURAGE À DEUX MAINS.

C'EST CLAIREMENT DE L'AMOUR QUE JE LIS DANS SES YEUX.
LES AVEUX SONT JUSTE AU BORD DE SES LÈVRES.
ET POURTANT ...
IL SE TAIT.
IL NE FAIT QUE ME REGARDER FIXEMENT ...
AVEC CET AIR HEUREUX.
POURQUOI ?
POURQUOI EST-CE QU'IL NE VEUT RIEN ME DIRE ?

ガタ…
CLAC
IL EST DÉJÀ TARD.
RENTRE CHEZ TOI.
D'ACCORD…
SI VOUS VOULEZ, ON PEUT MARCHER…
BON ALORS… À LA SEMAINE PROCHAINE.
S'IL M'AVAIT FAIT SES AVEUX CE SOIR…
J'AURAIS PEUT-ÊTRE CRAQUÉ…
ÇA NE VA PAS DU TOUT, AUJOURD'HUI.
HAA

SON ATTITUDE M'INQUIÈTE …
Au revoiiiir !
IL N'ARRIVE PAS À ÊTRE HONNÊTE.
MAIS …
N'EST-CE PAS MIEUX AINSI ?
SI JE LE COMPARE À CES LYCÉENNES STUPIDES …
CETTE FAÇON QU'IL A DE ME FIXER TOUT EN ROUGISSANT EST ADORABLE.
"ADORABLE" ?
UTILISER UN TEL ADJECTIF POUR PARLER D'UN ÉLÈVE …
JE CROIS BIEN QUE C'EST LA PREMIÈRE FOIS QUE CELA M'ARRIVE.
MONSIEUR KUNIHARA …
JE VOUS EN PRIE.
LE LYCÉE TÔRIN RECHERCHE UN PROFESSEUR POUR SES COURS PRÉPARATOIRES.
ILS M'ONT DEMANDÉ DE LES METTRE EN RELATION AVEC QUELQU'UN DE BRILLANT.
JE LEUR AI IMMÉDIATEMENT PARLÉ DE VOUS.

AH …
VRAIMENT ?
Eh bien …
C'EST UNE EXCELLENTE OPPORTUNITÉ, NON ?
VOUS CARESSIEZ L'ESPOIR D'INTÉGRER UNE TELLE ÉCOLE, N'EST-CE PAS ?
CELA NE VOUS CONVIENT PAS ?
SI, SI.
JE VOUS REMERCIE INFINIMENT.
UN CHANGEMENT DE POSTE ?
MON VŒU SE RÉALISE ENFIN.
JE VAIS POUVOIR TRAVAILLER DANS UNE ÉCOLE DE PLUS HAUT NIVEAU.
QUOI ?! VOUS ALLEZ PARTIR D'ICI ?
C'EST TROP NUL !
ET MALGRÉ CELA …
JE DEVRAIS PEUT-ÊTRE Y ALLER MOI AUSSI …
Dans le lycée Tôrin.
ON EST BIEN TROP BÊTES POUR ÇA.
…
AAH… IL EST CLAIREMENT SOUS LE CHOC …

DANS UN MOMENT COMME CELUI-CI, JE NE SAIS PAS CE QUE JE DOIS LUI DIRE ...
MONSIEUR ...
C'EST SUPER.
VOUS MÉRITEZ VRAIMENT D'ÊTRE EMBAUCHÉ DANS UNE ÉCOLE AUSSI RÉPUTÉE.
QUAND ALLEZ-VOUS ÊTRE TRANSFÉRÉ ?
J'AI L'INTENTION DE PARTIR D'ICI LA FIN DU MOIS.
CE MOIS-CI ...
JE VOUS SOUHAITE BON COURAGE, ALORS.
MOI AUSSI, JE VAIS TRAVAILLER DUR.
IL CACHE SES VÉRITABLES SENTIMENTS, COMME D'HABITUDE.
J'AURAIS AIMÉ QU'IL SOIT PLUS FRANC.
IL VA ME MANQUER ...
J'AIMERAIS QU'IL ME DISE QUELQUE CHOSE AVANT QUE JE NE PARTE.

SI TU NE DIS RIEN ...
ON NE SE REVERRA PLUS JAMAIS.
FAIS UN CAPRICE ET RÂLE, COMME LES AUTRES ÉLÈVES.
JE T'EN PRIE, OUVRE-MOI TON CŒUR.
SI TU LE FAISAIS ...
JE SERAIS PRÊT À TE PARLER AVEC DOUCEUR ...
ET JE TE PERMETTRAIS DE MIEUX VIVRE LA RUPTURE ...
MAIS SI TU CONTINUES À ME DISSIMULER TES SENTIMENTS ...
ALORS JE NE POURRAI RIEN POUR TOI.
BIEN, LE COURS EST TERMINÉ POUR AUJOURD'HUI.
JE VOUS REMERCIE ... POUR TOUT.
RYÔTA !
LE DERNIER JOUR EST ENFIN ARRIVÉ.
MONSIEUR !
TENEZ, TENEZ !
JE VOUS AI ACHETÉ UN GÂTEAU !

MONSIEUR...
JE SUIS SI MALHEUREUUUSE...
Aaah, l'odeur d'un homme...
JE CONNAIS DÉJÀ VOS SENTIMENTS, VOUS NE M'INTÉRESSEZ PAS.
RYÔTA...
NON, ATTENDS !
C'EST AVEC LUI QUE JE VEUX PARLER !
QUOI ? TU RENTRES DÉJÀ, RYÔTA ?
VIENS MANGER AVEC NOUS !
HEIN ? NON MERCI.
QU'EST-CE QUE TU DIS ? JE SAIS QUE TU NE VEUX PAS ÊTRE SEUL...
TU NE L'AS JAMAIS DIT, MAIS...
TU AIMES M. KUNIHARA, N'EST-CE PAS ?
JE LE SAVAIS !!
TU ES TOMBÉ AMOUREUX AU PREMIER REGARD, HEIN ?
C'EST UN AMOUR INTERDIT, HI HI !
ET TU NE LUI AS JAMAIS RIEN DIT.
...
ELLES ONT L'ŒIL POUR TOUT CE QUI CONCERNE LES HISTOIRES D'AMOUR.
JE T'EN PRIE...
DIS QUELQUE CHOSE...
FINALEMENT...
CES LYCÉENNES...

SAISIS L'OCCA-SION !
HA HA HA HA HA
NE DIS PAS N'IMPORTE QUOI.
RECONNAIS QU'ELLES ONT RAISON ET SOURIS !
C'EST DÉGOÛTANT.
Bon, au revoir, monsieur !
Portez-vous bien !
"C'EST… DÉGOÛTANT" ?
CE SONT SES DER-NIÈRES…
PARO-LES ?

EST-CE QUE JE ME SUIS TROMPÉ DEPUIS LE DÉBUT ?
ALORS, IL N'AVAIT VRAIMENT AUCUNE ARRIÈRE-PENSÉE À MON PROPOS ?
Monsieur, vous allez bien ?
JE NE PEUX PAS LE CROIRE ...
MONSIEUR ?
JE NE PEUX PAS ACCEPTER ÇA !
ÇA NE PEUT PAS SE TERMINER COMME ÇA !
RYÔTA !
ATTENDS !
ATTENDS, RYÔTA !

ZWIP
MONS...
AH ...
EXCUSEZ-MOI ...
IL PLEURAIT !
JE SUIS RASSURÉ.

IL PLEURAIT À CAUSE DE MOI ...
MON... MON-SIEUR.
QU'EST-CE QU'IL Y A ? JE...
Mon nez coule.
Je vais vous salir.
JE T'AIME.

JE T'AIME, RYÔTA.
JE NE VEUX PAS QUE CELA SE TERMINE AINSI.
POURQUOI ?
C'EST MOI QUI SUIS EN TRAIN DE ME CONFESSER ?
ALORS QUE C'EST DE LUI QUE JE VOULAIS OBTENIR DES AVEUX.
ALORS QUE JE VOULAIS LE FAIRE RENONCER À SON AMOUR POUR MOI.
MAIS ...
EST-CE QUE VOUS ÊTES VRAIMENT ...
OUI.
J'ÉTAIS AMOUREUX AVANT MÊME DE M'EN RENDRE COMPTE.
EST-CE QUE CELA TE DÉGOÛTE VRAIMENT ?
C'EN EST FINI DES SECRETS !

NON, PAS DU TOUT.
J'AI MENTI, TOUT À L'HEURE.
MOI AUSSI ...
JE VOUS AIME.
JE PENSAIS QUE VOUS SERIEZ EMBÊTÉ QUE JE VOUS LE DISE.
ALORS JE VOUS L'AI CACHÉ PENDANT TOUT CE TEMPS.
RYÔTA ...
JE LE SAVAIS ...
JE LE SAVAIS DEPUIS LE DÉBUT.
CE QUE TU GARDAIS AU FOND DE TOI ...
N'ÉTAIT PAS DIFFICILE À DEVINER ...
J'AVAIS DÉCIDÉ ...
DE NE RIEN DIRE.
ET POURTANT TOUT TE TRAHISSAIT.
MAIS TU ES INCROYABLE.
TU AS RÉUSSI À TE TAIRE JUSQU'AU BOUT.

RYÔTA ...
J'AI BEL ET BIEN PERDU LA PARTIE.
MONSIEUR... LES GENS... TOUT AUTOUR.
AH, OUI C'EST VRAI.
SNIF
VIENS.
DORÉNAVANT, IL N'EST PLUS QUESTION QUE JE PERDE.
ET MAINTENANT QU'ON EN EST LÀ ...
C'EST MOI QUI PRENDS LES DEVANTS.
C'EST ... VOTRE MAISON, MONSIEUR ?
OUI.
Oh ... JE PEUX VRAIMENT RENTRER ?
AAH ...
HEUREUSEMENT QUE JE QUITTE L'ÉCOLE AUJOURD'HUI.
TU N'ES PLUS MON ÉLÈVE À PRÉSENT.

NOUS N'AVONS PLUS À CACHER ...
NOTRE AMOUR.
MMH ...
MMH.
SMACK
SMACK
SLIK
AH ...
MONSIEUR ...
RYÔTA ...
JE ...
JE NE L'AI JAMAIS FAIT AVANT.
JE NE SAIS PAS CE QU'IL FAUT FAIRE ...
TU M'AIMES, N'EST-CE PAS ?
TU N'AS JAMAIS IMAGINÉ CE GENRE DE CHOSE ?
SI, MAIS ...
JE NE SAIS PAS DU TOUT ...
CE DONT J'AI VRAIMENT ENVIE ...
NI COMMENT ÇA DOIT SE PASSER.

J'AI L'IMPRESSION QUE TU AS BEAUCOUP PLUS SOUFFERT ...
QUE CE QUE JE CROYAIS.
JE N'AI PAS ARRÊTÉ DE TE METTRE À L'ÉPREUVE ...
JE T'AI FAIT BEAUCOUP DE MAL.
RYÔTA ...
JE SAIS JUSTE ...
QUE JE RESSENS DE L'AMOUR POUR VOUS ...
IL N'Y A VRAIMENT RIEN DONT TU RÊVAIS ?
JE VOULAIS ...
RIEN QUE TU AVAIS ENVIE DE FAIRE AVEC MOI ?
VOUS EMBRASSER, MAIS ...
ALORS EMBRASSONS-NOUS ...
ENCORE ET ENCORE ...

DÈS MAIN-TE-NANT...
ET AUSSI LONG-TEMPS QUE TU LE VOUDRAS...
SMACK
JE FERAI TOUT CE QUE TU ME DE-MANDERAS...
AH...
SLICK
SLICK
AH.
HAA
HAA
SWIP
AH... C'EST... VRAIMENT...
RYÔTA...
MONSIEUR...
FLOUTCH
RENTRÉ...

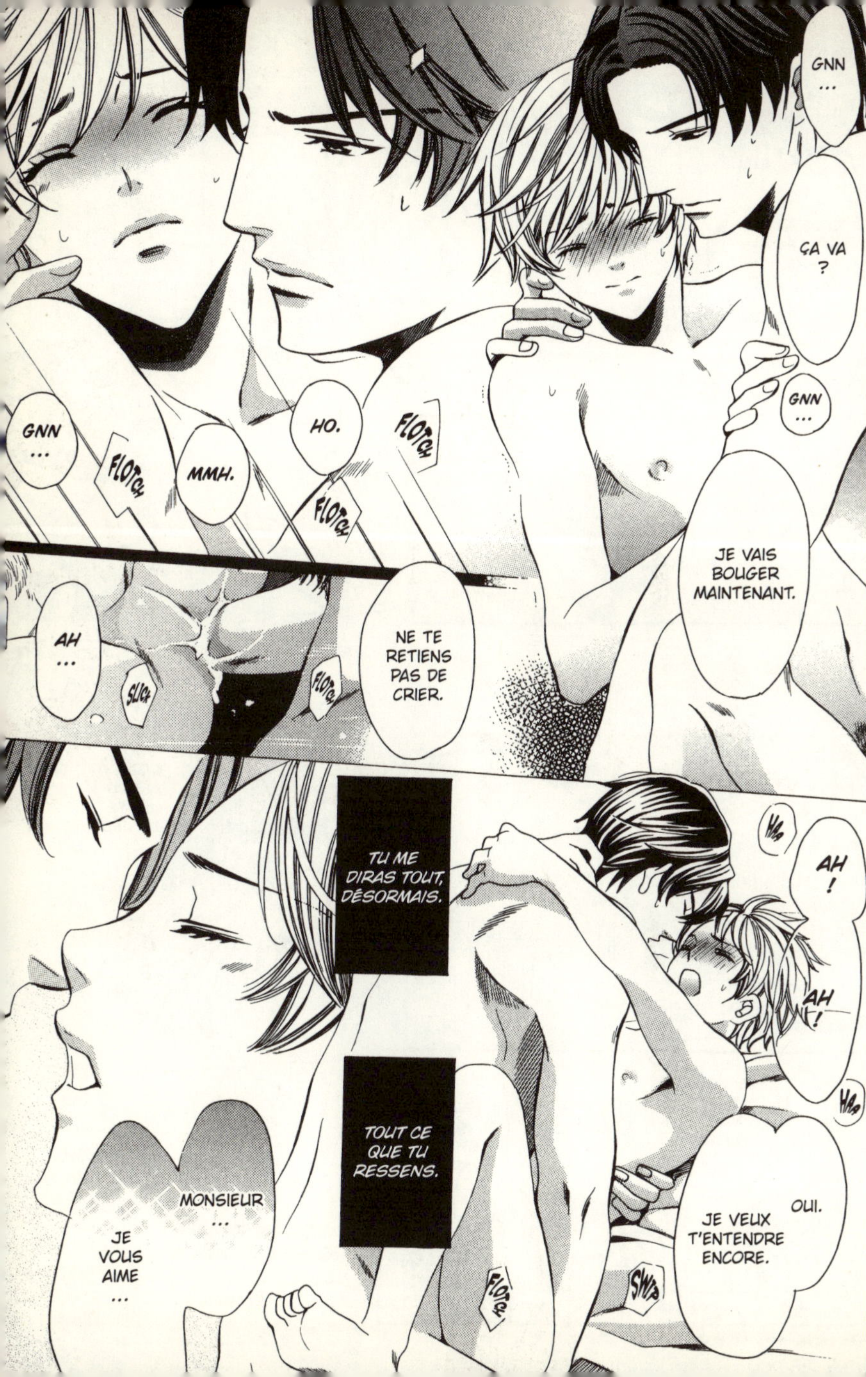
GNN ...
ÇA VA ?
GNN ...
JE VAIS BOUGER MAINTENANT.
FLOTCH
HO.
FLOTCH
MMH.
FLOTCH
GNN ...
NE TE RETIENS PAS DE CRIER.
FLOTCH
SLICK
AH ...
HAA
AH !
AH !
HAA
TU ME DIRAS TOUT, DÉSORMAIS.
TOUT CE QUE TU RESSENS.
OUI.
JE VEUX T'ENTENDRE ENCORE.
SWIP
FLOTCH
MONSIEUR ...
JE VOUS AIME ...

LES LYCÉENNES SONT PERSPICACES.

The Teacher's Confession - Fin

Postface

Bonjour ! Ici, Nase Yamato ! Je vous remercie de lire *Lovely Teachers* !

Cette fois, j'ai raconté l'histoire de deux hommes grands et forts. C'était nouveau, mais vraiment très agréable à dessiner ! Le caractère des personnages principaux et les petits enfants donnent un aspect très vivant au récit, comme d'habitude, mais cette fois le uke, Komori, n'était pas censé être aussi beau, alors j'ai eu quelques difficultés à le dessiner. Même si son visage est un peu raté un certain nombre de fois, ce n'est pas grave, car ça colle avec le personnage (hi hi). C'est normal qu'il ait un visage bizarre, c'est Komori après tout. Je suis vraiment cruelle (hi hi).

J'ai l'intention de continuer à dessiner cette histoire, alors je serai ravie de vous rencontrer à nouveau dans le second volume.

Une petite histoire bonus, "The Teacher's Confession", est intégrée à ce manga, et par le plus grand des hasards, il s'agit encore d'une histoire entre prof et élève. Elle faisait partie d'une anthologie sur les écarts d'âge. J'ai déjà dessiné beaucoup d'histoires entre un personnage très jeune et un plus âgé, mais j'ai toujours plaisir à le faire. J'adore dessiner de beaux uke face à des seme calmes et posés.

Continuez à me soutenir ! Chers assistants et cher éditeur, merci beaucoup !

À la prochaine fois !

Nase Yamato 2008

E-mail :
nasechin@yahoo.co.jp

Nous devons préparer les cours.

Postface - Fin

Teacher
Lovely Teacher!
Lovely Teac
vely Teacher!
Lovely Teacher!

MAGAZINE
BE×BOY
5,95€
LA RÉFÉRENCE
BOY'S LOVE
Ayano YAMANE
Kano MIYAMOTO
Ren KITAKAMI
+ DE NOUVEAUX MANGAKA ATTENDUS !
LE NUMÉRO 5
DE VOTRE BIMESTRIEL
DISPONIBLE EN LIBRAIRIE !
Kazuhiko MISHIMA, Makoto TATENO,
Shinri FUWA, Hinako TAKANAGA,
Rie HONJOH, & Tsuta SUZUKI.
9 TITRES INÉDITS EN PRÉPUBLICATION
340 PAGES !
Rendez-vous sur www.bexboy.fr

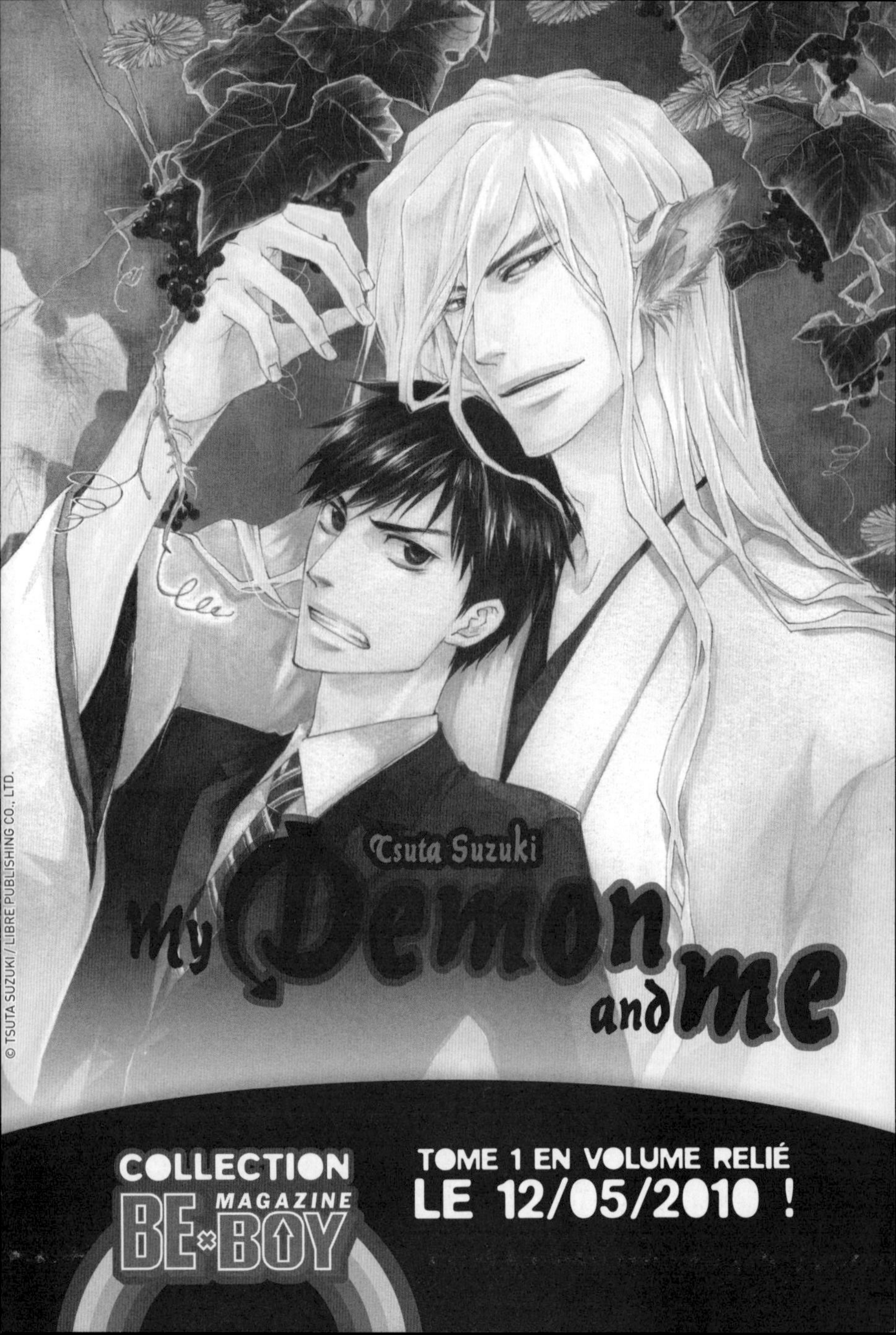
Tsuta Suzuki
My Demon and Me
COLLECTION
MAGAZINE
BE×BOY
TOME 1 EN VOLUME RELIÉ
LE 12/05/2010 !
© TSUTA SUZUKI / LIBRE PUBLISHING CO., LTD.

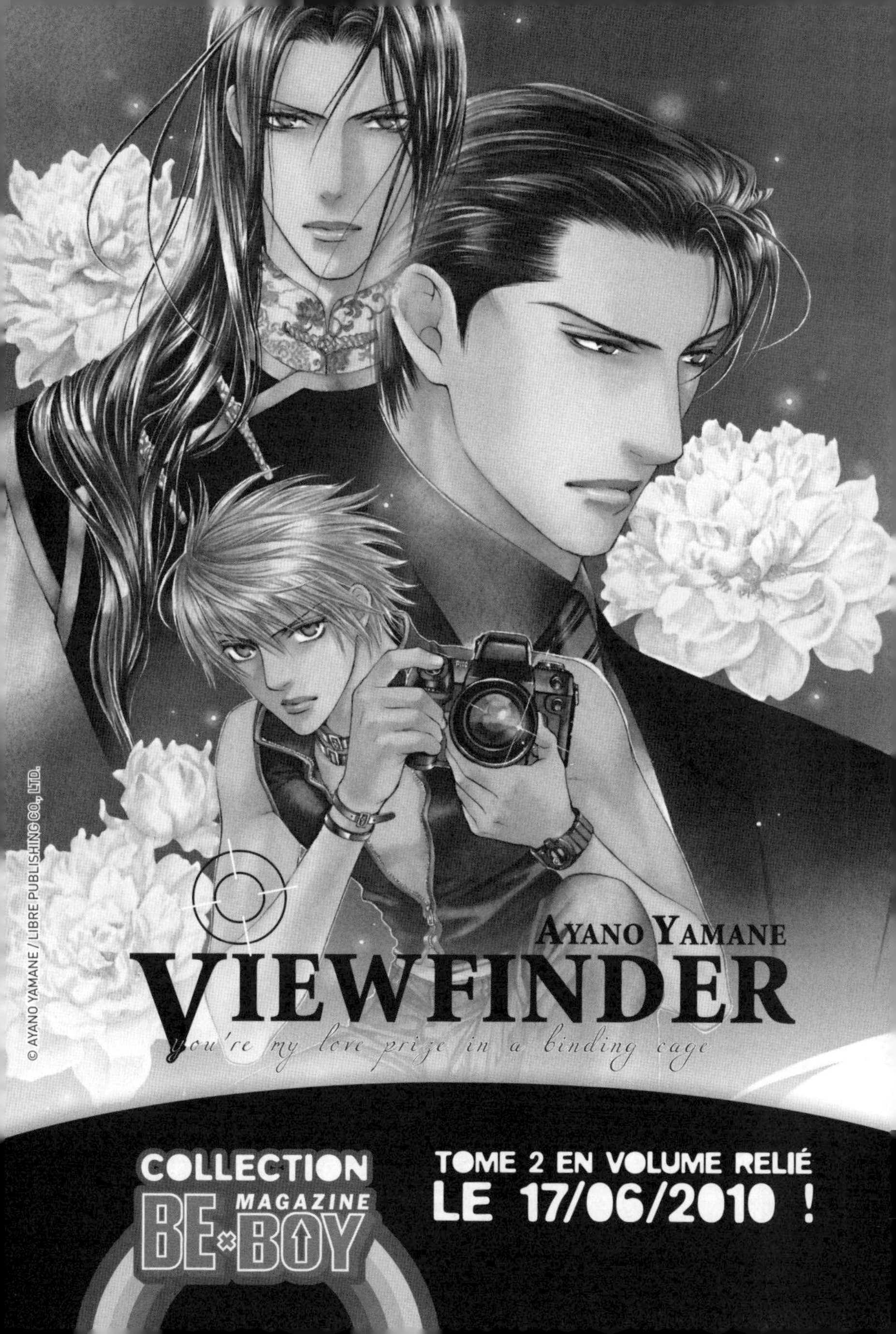

AYANO YAMANE
VIEWFINDER
you're my love prize in a binding cage
COLLECTION
MAGAZINE
BE×BOY
TOME 2 EN VOLUME RELIÉ
LE 17/06/2010 !
© AYANO YAMANE / LIBRE PUBLISHING CO., LTD.

Rie Honjoh
Welcome to the Chemistry Lab!

The path to
Love
Ren Kitakami
COLLECTION
MAGAZINE
BE×BOY
DISPONIBLE EN VOLUME RELIÉ
LE 19/08/2010 !
C'EST UN
ONE-SHOT !
© REN KITAKAMI / LIBRE PUBLISHING CO., LTD.

asuka.fr

Tadamichi Komori est un jeune professeur qui n'arrive pas à se faire respecter de ses élèves de CE1. Et pour ne pas arranger les choses, il est sans cesse comparé au merveilleux instituteur de la classe d'à côté, le brillant Kyô Takigawa. Mais un jour, il découvre le secret que cache cet homme qu'il envie...

Inclus dans ce volume :
The teacher's confession

AVERTISSEMENT

CE MANGA EST RÉSERVÉ À UN PUBLIC AVERTI EN RAISON DE SON CONTENU POUVANT CHOQUER LES PLUS JEUNES.

COLLECTION
BE×BOY MAGAZINE

Venez partager votre
passion du
boy's love
avec nous sur le site
officiel du magazine
BE×BOY !
retrouvez-vous ici : www.bexboy.fr
BE×BOY MAGAZINE
BETA
Lovely Teachers!
Lovely Teachers
Au menu du numéro 4 !
Mini-jeu No Money
BExBOY sur Facebook
Les nouvelles séries de BExBOY 4

ISBN 978-2-84965-802-4
Code prix : AS15

asuka.fr

Tadamichi Komori est un jeune professeur qui n'arrive pas à se faire respecter de ses élèves de CE1. Et pour ne pas arranger les choses, il est sans cesse comparé au merveilleux instituteur de la classe d'à côté, le brillant Kyô Takigawa. Mais un jour, il découvre le secret que cache cet homme qu'il envie...

Inclus dans ce volume :
The teacher's confession

AVERTISSEMENT

CE MANGA EST RÉSERVÉ À UN PUBLIC AVERTI EN RAISON DE SON CONTENU POUVANT CHOQUER LES PLUS JEUNES.

COLLECTION BE×BOY MAGAZINE

7€50